《主題》で楽しむ100年の短歌　桜の歌

# やすらへ。花や。

萩岡良博
*HAGIOKA Yoshihiro*

北冬舎

千年桜(P32)

御衣黄桜(P38)

鬱金桜(P36)

吉野山（P90, 132）

蔵王堂歌碑（P44, 122）

枝垂れ桜（P54）

又兵衛桜(P112)

大島桜(P103)

水分神社(P117)

西行庵(P121)

額井岳と桜(P138)

菟田野川沿いの桜(P150)

# やすらへ。花や。

桜の歌❀目次

一

二

三



口絵写真＝著者
装丁＝大原信泉

やすらへ。花や。

一

## やすらへ。花や。

桜が咲くと、こころが浮き立つ。あそこの桜は咲いただろうか、あの川縁《かわべり》の桜はどうなっているだろうか、あの山陰の桜は……などと、桜遊行の毎日となる。そして拙い歌を詠まずには、この浮き立ったこころは鎮められないのである。私たちの祖先の桜に対してもっていた鎮魂の思いが、私の血の中にも脈々と流れているにちがいない。

老いてなほ艶《えん》とよぶべきものありや　花は始めも終りもよろし　斎藤史『秋天瑠璃』

この歌は、波瀾万丈の生涯を送り、「ひたくれなゐ」の生を歌に詠んできた斎藤史が、八十歳を越えたときに洩らした一首である。波瀾万丈を越えてきた「老いの艶」は、この一首のしらべの中にゆったりと流れているように思われる。

この「花」は当然、桜であろう。「花は始めも終りもよろし」と下句で言い切ったとき、斎藤史はその生涯に見てきた桜を思い浮かべ、はらはらと散る桜の花びらのように、これまで詠んできた桜の歌を思ったにちがいない。

身をよぢる苦しきときも幾万のさくらの花のふりかかるなり　斎藤史『魚歌』
たふれたるけものの骨の朽ちる夜も呼吸《いき》づまるばかり花散りつづく　（同）
夕花のこずゑ重たきかげあたり掛けてあるのはわが仮面なり　同『うたのゆくへ』
花が水がいつせいにふるへる時間なり眼《め》に見えぬもの歌ひたまへな　（同）
総身の花をゆるがす春の樹にこころ乱してわれは寄りゆく　同『ひたくれなゐ』
ちりぬるをちりぬるをとぞつぶやけば過ぎにしかげの顕ち揺ぐなり　（同）

一首目、二・二六事件の翌年、昭和十二年（一九三七）の春の作品。身近な若き兵士の処刑という「身をよぢる苦しきとき」にもふりかかる桜の残酷な美しさ。二首目、死と桜のテーマを踏まえて、息ぐるしいまでの散華が詠われている。

斎藤史にとって、桜とは、二・二六事件に連座して入獄した父瀏《りゅう》と親交のあった青年将校たちの命を奪い、自分の青春をも奪った戦争を象徴するものである。過酷に過ぎた歴史という分厚い非日常の時間をのぞく「仮面」をはずして、ときどきは日常の己と向き合うこともあっただろうが、そんなとき、桜はまた、日常の中では見えなくなっているものを見せてくれる季《とき》をもたらしてくれるのである。「総身の花をゆるがす」して咲けば「こころ乱して」寄りゆき、桜の花の散るのを見ながら「ちりぬるをちりぬるを」と念仏のように呟けば「過ぎにしかげ」を顕たしめる、桜はこころ騒がせる花であった。

しかし、晩年、八十歳を越えて、ようやく鎮めがたい思いを、「老いてなほ」の一首のように「花は始めも終りもよろし」と詠いおさめることによって、桜に対する怨念を鎮めることができたと言えようか。長い時間をかけた魂鎮《たましず》めである。

個人の魂鎮めは程度の差はあるけれど、現代の私たちが歌を詠むときのひとつのスタンスでもあろう。武川忠一は次のように詠んでいる。

われに棲み激《たぎ》つ危うきもののためひとりの夜の鎮花祭《はなしずめのまつり》　武川忠一『窓冷』

私も「激《たぎ》つ危うきもののため」、毎年、桜遊行をし、拙い歌を詠んで「鎮花祭《はなしずめのまつり》」をしていると言えようか。

この「鎮花祭」は、古来からの私たち日本人の発想の基層をなしているもののひとつである。京都の今宮神社はじめ数社で「やすらい祭」という奇祭が行われている。これは、散る花とともに飛散すると信じられていた疫神を鎮めるために行われた「鎮花祭」に、「御霊会」が結びついたものと言われている。その際の囃子詞「やすらへ。花や。」は、桜の花を稲の花に見立てて、早ばやと散ることを凶作の兆しとするため、「散り急ぐな花よ」という意味をこめているという。

折口信夫は、「花の話」(『折口信夫全集2』)の中で、この囃子詞にふれて、次のように言っている。

この祭りの対象になる神は、三輪の狭井《さゐ》の神であつて、尠くとも、大和から持ち越した神に相違ない。田の稲の花が散ると困ると言ふ歌を歌つて、踊つたのである。其がだん〳〵と芸術化し、宗教化して来た。（略）最初は花のやすらふ事を祈つたのであつた。其が、蝗が出ると、人の体にも疫病が出ると言ふので、其を退散させる為の群集舞踏になつたのだ。此によつても、桜が農村生活と関係のあつた事は訣ると思ふ。さう言ふ意味で、山の桜は、眺められたのである。（傍線は原文）

ここに、山の神に花を供えるという古い信仰に支えられた民俗を重ねて、鳥越皓之はさらに突っこんだ解釈をしている。

野の花や桜などの枝花には鎮める機能があると解釈した方が自然である。すなわち、「花を鎮める」と解釈するよりも、「花が鎮める」と解釈できるということである。（略）花が鎮める対象は神とか霊とか呼ばれるものである。（『花をたずねて吉野山』）

「やすらへ。花や。」の解釈はともかく、私たちも「やすらへ。花や。」と囃しつつ、その囃子詞の中に、さまざまな桜を詠んだ短歌を呼び込みながら、言葉に咲いた桜の森へ、舞踏、遊行してみたいと思う。

# 「オレンヂ」

動く。ぐらりと動く。赤く染まった樹液がぐらりと動く。私は樹なのか、それとも樹になった夢を見ているのか。めざめが近いなと思いつつ、とろとろと春眠をむさぼっている。しばらくするとまた、樹液のようなものが私の躰のなかでぐらりと動く。春の樹液を汲みあげている樹々が呼んでいる。樹であるとすれば、大きな颱風でうち倒され、地に横たわったまま、花を咲かせようとしている桜の樹なのか、私は。もう、タイム・リミットだ。樹液のような汗を肌ににじませながらベッドを離れる。

やはらかき春のひかりにめざめけり森ふかく湧く笑ひごゑ曳き　萩岡良博『木強』

わが性《せい》欲にかぎろひの立つ見えて見る人のなき朝の身支度いそぐ　(同)

家を出ると杉花粉に苦しめられる。昨日、くしゃみをするように身をよじらせて、夕空に花粉を噴きあげていた杉の樹を見た。その杉の樹を真似ているように、止まらないくしゃみに苦しんでいる。この大量の杉花粉の発生は、私たち人間の環境破壊に対する警鐘なんかではなく、人間に対する反撃としか思えない。環境破壊に加担している一人として、花粉症に苦しむのは当然だと思いつつも、仕事の妨げとなるこの症状はつらい。杉の樹は大地から地球の怒りの樹液を汲みあげているのか。花粉の黄は怒りの色か。不透明な時代に対するゆえ知れぬ私の怒りのように。

黄にもやる四囲の山やま鼻づまり、くしゃみの四月苦しみにけり　（同）

はるがすみ黄にたなびけりガサとわが神経叢を走るものあり　（同）

職場の敷地に佇《た》つ山ざくらの葉がオレンジに炎《も》えたち、白い花びらをちらほらとつけはじめた。オレンジに炎えるこの山ざくらの葉が美しい。樹液の色であり、いのちの色であろう。私が地に横たわったまま花をつける倒れ木であるとすれば、山ざくらでありたいと思う。山ざくらを見ているうちに浮かんできた「敷島の大和心を人とはば朝日に匂ふ山桜花」という手垢のついた一首も、本居宣長の至純の心映えとしてみずみずしく感受できる。「朝日ににほふ」のは、山ざくらのいのちであると。

この本居宣長の歌が戦意昂揚に利用された太平洋戦争中に、『日本《やまと》し美《うるは》し』や『金剛』といった戦争歌集を上梓した前川佐美雄は、敗戦後すぐに『紅梅』を上梓することによって、変り身の早い変節歌人として批判の的となっていくのであるが、『紅梅』を上梓した昭和二十一年（一九四六）には「オレンヂ」という歌誌も創刊している。この「オレンヂ」という命名に前川佐美雄はどのような思いを託したのか、前々から気になっていた。いま眼前にオレンジに炎えたつ山ざくらの葉を仰いでいると、「オレンヂ」は、前川佐美雄にとって、山ざくらの葉のように炎え出づる歌の再生を祈念する命名ではなかったかと思えてくるのである。

**額《ぬか》ふかく河流れをりオレンヂの炎ゆる葉に映え山ざくら咲く**　（同）

山ざくらを仰いでいると、山ざくらにいのちが「にほふ」のを見た本居宣長から、山ざくらの葉のように炎え出づるオレンジに敗戦からの再生を祈念した前川佐美雄へ、そしてなぜか前登志夫の「暗道《くらみち》のわれの歩みにまつはれる蛍ありわれはいかなる河か」（『子午線の繭』）の一首へと思いが跳ぶ。「われはいかなる河か」と呟くと、私の頭のなかの奥ぶかいところを大きなひびきを立てて千四百年を流れてきた歌の河が顕れる。そして、山ざくらのオレンジの炎える葉を映すその歌の河は、血のついた石斧を洗った縄文人たちの顔をも映し出す始源の時間へと連れて行ってくれるのである。

人生は短いと言われるが、ある一瞬に永遠を見ることができるほどの長さは与えられていると思う。青臭いと言われようが、ランボーの、

また見つかった、
何が、永遠が、
海と溶け合う太陽が。

（「錯乱Ⅱ」『地獄の季節』小林秀雄訳）

という詩句を心にもちながら、「見つかった、／何が、　永遠が、」と言える人生の一日があることを願って歌を詠みつづけるしかない。

夜になると風が出てきた。山ざくらの葉のオレンジは闇に吸われ、花びらの白が浮きあがっている。風に騒立つ山ざくらに見送られて夜の職場を後にする。

山ざくらさはだつ夜《よ》なり半獣のひづめの音の風にまざりて　（同）

# 炎中の桜とてのひらの桜

開花日に多少のズレがあっても、年ごとの桜自体にそれほど違いがあるわけではない。ともかく、桜が咲けば心が騒立ち、桜を見に行かないではおれない。しかし、桜を眺めていると、心の奥底にひそんでいた一首の歌に心が揺さぶられて、それまでとは違ったふうに桜が見えてきたり、反対に、風にそよぐ桜の精に心が動かされて、思いもかけぬ一首の歌を思い起こしたりすることがある。

昨年、平成十九年（二〇〇七）も、桜の見方を揺さぶられるような短歌にたくさん出会ったが、そのうちの二首の桜について書いてみたい。

ひとつは、一昨年、現代短歌大賞を受賞した岡野弘彦歌集『バグダッド燃ゆ』の一首。

ほろびゆく炎中《ほなか》の桜　見てしより、われの心の修羅　しづまらず

岡野弘彦『バグダッド燃ゆ』

この一首が収められている「炎の桜」一連には次のような詞書がついている。

昭和二十年四月十日の夜、わが所属する橘五三部隊の軍用列車、巣鴨と大塚の間にて空襲を受け、たちまち炎上。逃げまどふ市民とともに、火中に辛くも命を保ち得たり。

敗戦間近の焼け野原となった東京で、岡野弘彦が見た、なおも執拗な空襲によって炎上した「炎中《ほなか》の桜」。それは、岡野の心の中では、米軍の爆撃を受けて炎上する敗戦間際の日本を象徴するものとして見られたことだろう。「炎中の桜」そのものこそ日本であった。その「炎中の桜」を見てからというもの、戦後六十年を経た今も、「われの心の修羅　しづまらず」の思いを曳いている痛ましさ。「炎中の桜」のイメージは、修羅となって、永く岡野の心の中に燃え熾《さか》ってきたのである。

また、この岡野弘彦の「心の修羅」には、硫黄島の激戦で死んだ折口信夫の養子春洋《はるみ》への思いや、その春洋を亡くした折口信夫の痛切な思いも投影されているかもしれない。さらに「さねさし相模《さがむ》の小野《をの》に燃ゆる火の火中《ほなか》に立ちて問ひし君はも」（『古事記』）と詠われた倭 建 命《やまとたけるのみこと》の運命さえも揺曳しているのが感じられる。

しかしながら、このように岡野の心情を思いやりつつ読んでみても、この鎮まりがたい「心の修羅」は、「ほろびゆく炎中の桜」を美しいと見てしまった歌人岡野の業《ごう》のようなものへの魂鎮めの一首ではないかという思いがぬぐい去れない。生きたまま「ほろびゆく」もののもつ凄絶な美しさ。芥川龍之介は、小説『地獄変』で、絵師良秀の実の娘が業火に焼き殺される宿命を描いたが、その絵師良秀に通じる芸術家の目をこの一首にも感じてしまうのである。
この歌集『バグダッド燃ゆ』を基にして制作された、NHKの海外向けの短波ラジオ放送「ラジオ日本」の「岡野弘彦が詠む戦争」という番組の中で、同じ「炎の桜」一連の他の一首「焼けこげて桜の下にならび臥す　骸《むくろ》のにほふまでを見とげつ」に触れて、岡野弘彦は次のように語っている。

ちょうど東京の桜が満開の時でした。空襲の後、周りに散っている市民たちの死体の片付けを命じられました。二人で手足を持って運んで積み上げて、ガソリンをかけて焼くんです。その作業を五日間やった後、自分が所属する茨城県の部隊に帰りました。そこでも桜が満開で、花びらがはらはらと軍服の上に散りかかったわけです。その時初めて、体にしみこんでいる死体の脂の匂いがぷーんと匂いたって、俺はこれから二度と桜は美しいなどと歌うまいと思いました。

（「玉ゆら」〈秋山佐和子発行〉第十七号）

しかし、これらの岡野の言葉を裏切るように、「ほろびゆく炎中《ほなか》の桜　見てしより、われの心の修羅　しづまらず」の一首には、しらべとして凄絶な美しさが流れている。次に抽く歌のように、岡野の「心の修羅」は戦後もずっと鎮まることなくしらべとして生き延び、繰り返し、繰り返し、「まぼろしの桜」を求めて、「魂のあくがれいづる」ままに詠われつづけるのである。

わが二十《はたち》の　夜の火《ほ》むらに焼け失せし　まぼろしの桜。ああ弥生尽《やよひじん》

岡野弘彦『バグダッド燃ゆ』

わが歌は一期の病。ほむらだつ夢のさくらの下　去りがたし　（同）

魂の　あくがれいづるひもじさに　桜のもとに　身はふるへ立つ　（同）

「わが歌は一期の病。」と詠う。覚悟であり、思想であろう。「病」であるその歌に詠われる岡野の夢は、「さくらの下　去りがたし」であったり、「俺はこれから二度と桜は美しいなどと歌うまいと思」ったものの、桜が咲く頃には、美へと「魂の　あくがれいづる」飢えに「桜のもとに身はふるへ立つ」のである。桜に対する岡野のアンビバレンツな思いは、「心の修羅」となって鎮まることなく、いまも「炎中の桜」の周りを駆けめぐっているように思われる。

もうひとつは、第五十回「短歌研究新人賞」を受賞した吉岡太朗の「六千万個の風鈴」三十首中の一首（「短歌研究」二〇〇七年九月号、のち、歌集『ひだりききの機械』所収）。

さくらばな光子を帯びて剝き出しの配線を持つてのひらにふる

吉岡太朗「六千万個の風鈴」

「光子」は「こうし」と読む。電磁波のことだろうか。その「光子を帯びて剝き出しの配線を持

つてのひら」の持ち主は、アンドロイドだと言う。「アンドロイドが主役の二十一世紀末あるいは二十二世紀初頭の地球が舞台である」と選考委員の一人、佐佐木幸綱が、吉岡太朗の歌の背景を解説していた。また二十二世紀初頭には日本の人口は今の約半分、六千万人に減少するとのこと。「六千万個の風鈴」の「六千万」には、そういう意味がこめられていることも。

アンドロイドとは、辞書によれば、SFなどに登場する高い知性をもつ人間型ロボットである。配線が剝き出しになったロボットの「てのひら」にふるさくらばなは、私の想像力をはるかに超えていて、なぜだか私の想像力が嬉しがっているのを感じる。それはある種の既視感からきているようである。前登志夫の次の一首が連想されるからであろうか。

樹木みなある日はゆらぐ行きゆきて乞食《こつじき》の掌《て》に花盛られけり　前登志夫『靈異記』

この一首に詠まれた「乞食《こつじき》」は、ほかい(祝言)を唱えながら旅に口を養った巡遊伶人(=吟遊詩人)の系譜を曳いている。生業には就かず、旅から旅へと渡り歩き、布施をいただきながら口を養ったことから、人に養われる者という侮蔑も含まれているという。

前登志夫自身はこの一首に触れて、次のように述懐している。

苦行し、こつじきする者に、恵まれ与えられるのが花であるというのは、相当なアイロニーというほかないが、つきつめれば最上の布施《ふせ》でもあるだろう。四十年の歳月を経て、人生のたそがれになって実感される花のありがたさである。

（前登志夫「菴のけぶり」「朝日新聞」二〇〇八年二月二日、のち、『いのちなりけり吉野晩禱』所収）

前登志夫が言うこの一首の「こつじき」とは、生業には就かず、ひたすら旅人のように歌を求めて定住漂泊の日々を送る「歌の乞食」としての自分自身のことを言っているのであろう。二十歳の吉岡太朗が詠んだこのアンドロイドも、配線が剝き出しになった「てのひら」に桜の花びらを受けながら、「歌の乞食」としての巡遊伶人の系譜を二十二世紀へと曳いていくのかと想像するとわくわくするのである。

そして、これ以上、地球の温暖化が進むことなく、人口が半減し、アンドロイドが登場する社会が出現するよりも先に、私たちの桜が滅んでしまわないことを祈るばかりである。

# 瀬瀬走る

若山牧水は、「幾山河越えさり行かば寂しさの終《は》てなむ国ぞ今日《けふ》も旅ゆく」（『海の声』）や「白玉《しらたま》の歯にしみとほる秋の夜の酒はしづかに飲むべかりけれ」（『路上』）のような愛誦性に富む歌の作者として、旅と酒の歌人というイメージが定着している（そして、私自身も酔えばこれらの歌を朗詠することがあるが）。牧水の高弟、大悟法利雄が数えたところでは、牧水が生涯に詠んだ歌は六八九六首。そのうち、旅中の歌は二四七九首、三分の一以上に及ぶという（大悟法利雄「牧水と旅」『若山牧水新研究』）。なるほど、旅の歌人というにふさわしい歌数である。

しかし、牧水の旅と酒の歌以上に私が愛してやまないのは、山桜を詠った歌々である。私がつれづれに牧水の全歌集から書き写した山桜の歌は約八十首。一パーセント強にすぎないとも考えられるが、昨今の銀行の利子よりは多いと言えないだろうか。いずれにせよ、近代歌人の中では、山桜を詠んだ歌数において牧水が図抜けていることにちがいはない。

くれないの葉が炎え、しろい小さな山桜が咲き始めると、私のこころの梢からも、その花の匂いのようにおのずと咲き出す一首がある。

うすべにに葉はいちはやく萌えいでて咲かむとすなり山桜花　　若山牧水『山桜の歌』

山桜のように楚々とした気品のある若山牧水の絶品である。牧水が生前に編んだ最後の第十四歌集『山桜の歌』に収められている。その歌集の中の「山ざくら」一連二十三首の冒頭の一首である。

この一連には、大正十一年（一九二二）「三月末より四月初めにかけ天城山の北麓なる湯ヶ島温泉に遊ぶ。附近の渓より山に山桜甚だ多し、日毎に詠みいでたるを此処にまとめつ。」という詞書がある。「日毎に詠みいでたる」という詞書のとおり、三月二十八日から四月二十日までの二十三日の滞在日数に合わせて、毎日一首の体裁で、山桜の咲き始めから散っていくまでを二十三首に丁寧に詠んでいて、山桜好きにはこたえられない一連となっている。冒頭の歌に続く二首目以降から数首を抽く。

うらうらと照れる光にけぶりあひて咲きしづもれる山ざくら花　（同）
瀬瀬走るやまめうぐひのうろくづの美しき春の山ざくら花　（同）
朝づく日うるほひ照れる木《こ》がくれに水漬《みづ》けるごとき山ざくら花　（同）
ひともとや春の日かげをふくみもちて野づらに咲ける山ざくら花　（同）
今朝の晴青あらしめきて渓間より吹きあぐる風に桜散るなり　（同）

この「山ざくら」一連が詠まれた湯ヶ島温泉への旅は、紀行文集『みなかみ紀行』（『若山牧水全集』第六巻）に収められている「追憶と眼前の風景」という題の紀行文に書かれているが、この紀行文と合わせてそれぞれの歌を読んでみると、また格別の味わいがある。

紀行文の題名にある「追憶」は、故郷の尾鈴の山の山桜から書き起こされる。第一歌集の『海の声』に収められた延岡中学校の寄宿舎時代に詠まれた山桜の歌は、父母に対する感情と等しい位相にある。紀行文には次の二首が抽かれている。

母恋しかかるゆふべのふるさとの桜咲くらむ山のすがたよ　若山牧水『海の声』

父母よ神にも似たるこしかたにおもひでありや山ざくら花　（同）

十代の作であるが、すでに牧水のしらべを刻んでいる。『海の声』にはもう一首、初句切れの秀歌がある。

朝地震《なゐ》す空はかすかに嵐して一山《いちざん》白き山ざくらばな　（同）

前登志夫は「春の嵐の危機感が、白い山桜の風情を、清冽で情熱的なものにしている」と読んでいたが、確かに「山ざくら花のつぼみの花となる間《あひ》のいのちの恋もせしかな」（『海の声』）に通じる青春の情熱が感じられる。

つに味わい深い。

「眼前の風景」としての湯ヶ島温泉の渓谷に咲く山桜を描写する牧水の散文も、短歌に劣らずじ

此処に謂ふ山桜は花よりも早く葉が出て、その葉は極めて柔かく、また非常にみづ〳〵しい茜色をしてゐる。花の色は純白、或は多少の淡紅色を帯びてゐるかと思はれる。或はその美しい葉の色が単弁のすが〳〵しい花に映じて自づと淡紅色に見えるかとも思はれる。

（若山牧水「追憶と眼前の風景」『みなかみ紀行』）

この観察の細やかな、匂いやかな文などは、「山ざくら」一連の冒頭一首目の詞書にもなろう。抽出二首目の「咲きしづもれる」には、

私はよく咲き籠《こも》る咲き静もるといふ言葉を使つた様に思ふが、それは晴れた日に見るこの花の感じがまつたくそれである。葉も日の影を吸ひ、花びらもまた春の日ざしの露けさをこころゆくまで含み宿して、そしてその光その匂を自分のものとして咲き放つてゐるのである。（同）

という意味合いをこめているという。三首目は、伊藤一彦が次のように書いていた。

「やまめ」は山女とも書くように川魚の女王、「うぐひ」も川魚で春以降の産卵期は、いわゆる

婚姻色があらわれ、特にオスが美しい。上の句は「美しき」を引き出すための序詞とも考えることができるが、実景としても鮮やかに目に浮かぶ。また「うぐひ」「うろくづ」「美しき」の頭韻が調べをなめらかにし、春の明るく生き生きした気分が感じられる。

（伊藤一彦編『若山牧水歌集』解説、岩波文庫）

まことに的を射た解説であるが、もう少し蛇足を加えておくと、二句、三句、四句、終句の「く」「ぐ」の繰り返しや、「せぜはしるやまめうぐひのうろくづのうつくしきはるのやまざくらばな」の「、」部十一の「ウ音」のなだらかな調べもまた、「春の明るく生き生きした気分」を醸し出す効果を生んでいると言えよう。これらは意図されたものではないだろうが、牧水が愛誦性に富んだ歌を多く産んだ天性の歌人であったことはこんなところにも表れているように思われる。

さきの紀行文に戻ると、

どういふわけだか、私はこれらの川魚、といふうちにも渓間の魚をば山桜の咲き出す季節と結んで思ひ出し易い癖を以前から持つてゐた。冬が過ぎて漸くこれらのうろくづと近づき始めた少年時の回想とのみでなく、矢張り味も色もこの頃が一番いいのではないかとおもふ。

（「追憶と眼前の風景」）

というふうに、伊藤一彦の言う婚姻色の美しさと同時に、酒の肴としてのやまめやうぐいの美味も書き留めている。

牧水の酒は、「幾山河越えさり行かば」の「寂しさ」や「けふもまたこころの鉦《かね》をうち鳴《な》らしうち鳴しつつあくがれて行く」（『海の声』）の「あくがれ」として詠まれた牧水の近代人としての憂愁をまぎらわせるものであったが、山桜の歌は、ふるさとの尾鈴の山に咲く山桜のように、牧水の歌の調べに漂っている「寂しさ」や「あくがれ」を鎮めてくれる魂鎮めの役割を果たしていたと言えないだろうか。遺歌集となった第十五歌集『黒松』には、「最後の歌」として、

酒ほしさまぎらはすとて庭に出でつ庭草をぬくこの庭草を　　若山牧水『黒松』

という限りなく辞世に近い一首が収められている。夫人の若山喜志子は「巻末に」に、「『創作』六月号の裏に赤インクで書きつけてあつたのを」「最後に採録しておいた」と記しているが、肝硬変になって、ついに酒が飲めなくなってしまった牧水の切ない心情を詠んだ一首である。

かんがへて飲みはじめたる一合の二合の酒の夏のゆふぐれ　　若山牧水『死か芸術か』

の一首にみるように、酒をこよなく愛した牧水のために、私は「酒ほしさまぎらはすとて庭に出でつ」の下の句を「咲きしづもれる山ざくら花」と読み換えて、牧水の魂鎮めをしてみることがある。

# 『さくら伝説』余話

私の住まう宇陀の桜は、大和国中《くんなか》の桜に比べて開花が遅い。宇陀の標高は、ちょうど山焼きで有名な若草山の頂上あたりにあたるからだろう。

私の職場がある国中で桜が満開になり、人々が浮かれ始めると、やっと宇陀の桜はちらほら咲き始める。その頃になると、職場の私もすこしずつ浮き足立ってくる。宇陀の赤埴《あかばね》の地にある仏隆寺の千年桜が気になってくるからである。

この桜は奈良県最大最古の古木で千年桜と称せられているが、エドヒガンとヤマザクラの雑種であるモチヅキザクラの一種で、実際の樹齢は六百年とも八百年とも言われている。気候により、毎年、開花の時期が微妙に異なるし、室生寺へと山越えをする奥まったところにある山寺の大桜なので、満開の千年桜に遭うのはじつはむつかしいのである。そして、必ずしも満開の日に私の休みの日が重なるとは限らないので、宇陀の桜がちらほらと咲き出した休日には仏隆寺を訪れて、この桜が満開になる日の見当をつけておく。

四、五年前、ある週刊誌の新連載の題に惹かれて目を通していて驚いた。プロローグにこの仏隆寺の桜のことが詳しく書かれていたからである。なかにし礼の『さくら伝説』という小説であった。（この小説には、「樹齢九百年を超えるヤマザクラの巨木は見事というか、なんとも凄《すご》いものだった。」と千年に近い樹齢が書かれているが、樹齢からしてすでに伝説である。）

この千年桜が見下ろしてきた時間の長さと重さを思い私は気が遠くなった。見上げれば、桜がささやきかけてくる。桜が手招きをする。桜にたぐり寄せられる。桜がおおいかぶさってくる。こちらの呼吸が乱れてくる。息苦しさに立ち去ろうとすると、桜は妖しく嗚咽《おえつ》する。

（なかにし礼『さくら伝説』）

このようにして、小説には、この桜の下で出遭った男女の心を狂わせる「桜鬼《おうき》」としての千年桜の妖しさが描かれていくが、小説の筋はここでは語らない。単行本にもなっているので、興味をもたれた方は『さくら伝説』を読み通されたい。

この小説が週刊誌に連載されていた翌年の四月、千年桜を見に出かけた夕暮れに、まだ満開の桜を見上げて、その下を去りがたい思いでいる見物客とともに桜を眺めていると、犬の散歩に出て来られた仏隆寺の奥さんとたまたま話をすることになった。

私が週刊誌の『さくら伝説』のプロローグに仏隆寺のことが書かれていたと水を向けると、週刊誌連載のために仏隆寺の千年桜を取材に来ていたなかにし礼のことなどを、奥さんは興奮気味に語ってくれた。宇陀在住の者の身びいきだろうが、仏隆寺の千年桜の妖しさから始まる『さくら伝説』は、私の最も印象に残っている小説の書き出しである。

その翌年か、翌々年かの勤めのあった四月の平日の午後、デスクワークをしているときであった。今頃、仏隆寺の千年桜がはらはらと散り始めていることだろうと、ふと思った。すると矢も楯もたまらなくなり、二時間早退をさせてもらって、仏隆寺へと車で急いだ。

仏隆寺に着いたのはすでに夕暮れで、やはり満開の季《とき》はやや過ぎていて、桜は絶え間なく花を散らしていた。しかし、ありがたいことに、時間も時期も少し遅かったためか、まったく人影がなく、三十分ほど、昏れていく千年桜をただひたすら眺めているうちに、拙いながら何首か拾う僥倖に恵まれた。

仏隆寺の千年桜夕暮れの時間を統《す》べてそよともそよがず　萩岡良博『木強』

暮れてゆくさくら、千年のかなしみを食《は》む山姥の後ろ姿に似《で》て　（同）

咲ききれば散るほかはなし吹く風は桜の肩をやさしく抱け　（同）

幹に空洞《ほら》、枝に添へ木あり千年を花に咲かせて驕ることなし　（同）

うちあふぐ千年桜の千年がわれよりそよぎ出づるも空に　（同）

まひるまはしろく見えしが夕さればうすくれなゐに桜はそよぐ　（同）

小説の中で、夕景の千年桜を、なかにし礼は翼を広げた白鳥の姿と見ているが、私には後ろ向きに何かをがつがつと食べている山姥のせつない姿と見えたのである。

携帯電話のメモ機能にこれらの歌を打ち込んで、仏隆寺へとつづく石段を下り始めたとき、桜の下の方から石段を上がってくる人影があった。カメラを手にしていた。すれ違うほど近づいたとき、どちらからともなく、おお、という声が洩れた。写真を趣味にしている知り合いであった。プロ級の写真を印刷した賀状をときどきもらうことがある。

彼にずっと遅れて、ゆっくりのぼってきていた若い女性が石段の途中に立ち止まって、桜を見上げているのが私の視野に入っていた。短い挨拶を交わし、彼に言われるまま、はらはらと散る千年桜をバックにシャッターを二度切ってもらった。

そして、私は石段を下り、彼は仏隆寺の方へ石段を上がっていった。桜の下で散る花びらを掌に受けていたその女性も、ゆっくりのぼり始めた。すれ違いざま、会釈を交わした。モデルさんではない、という印象をもった。

あのときの夕暮れの光景は、もうひとつの伝説であったかのようで、散る千年桜をバックにして彼が撮ってくれた写真は、いまだに送られてきていないのである。

# 鬱金ざくら

大阪天満の造幣局のすぐ近くに、小誌「ヤママユ」の印刷をお願いしている会社がある。編集委員による出張校正はその会社の応接室を借りて行う。それが四月の半ば過ぎになったことがあった。

地下鉄天満橋駅を降りて印刷会社へ向かう途中の天満橋から眺めると、淀川の両岸に植えられている桜はほとんど散ってしまっていて、葉桜の風情となっていた。

朝の十時頃から始めた校正や編集の作業は、午後四時頃にようやく終わった。駅に向かおうとして五十メートルも歩かないうちに、造幣局の南門付近には屋台が出て、大勢の人でごったがえしているのが目に入ってきた。造幣局の桜並木の通り抜けの初日に当たっていたのである。

編集委員のなかには帰りを急ぐ人もいたが、急ぎの用のない数人と通り抜けの桜見物をしようということになった。多くの種類の八重桜が咲き誇っており、それぞれの木には名前を記した札がかかっていた。「関山」という濃い紅の目立つ桜が、本数も多いためか、目を惹いた。人混みに逆らわず歩みを進めて行くうちに、私たちは薄黄緑色の桜の木の前で釘付けとなった。「鬱金」の名札がかかっていた。名前は知っていたが、初めて目にする桜であった。名札を目にし、ふたたびその桜を見上げたとき、意識の奥深いところがぞわぞわっとした。まだ形をなさないが、なつかしいしらべが意識を撫でた。誰が先にということなく、口をついて出た一首があった。

いやはてに鬱金《うこん》ざくらのかなしみのちりそめぬれば五月《さつき》はきたる　　北原白秋『桐の花』

北原白秋の歌集『桐の花』の巻頭を飾る歌の中の一首である。この一首のしらべが、蒼闇の中の「鬱金ざくら」をゆったりとつつみ、頭がくらくらとした、はじめて煙草を喫ったときのように。

初句の唐突な「いやはてに」という詠い出し方は、山桜が散り、つづいて染井吉野が散り、そしてその後の逝く春を惜しむ花としての、二句の「鬱金ざくら」へと効果的に誘っていく。しかし、何度読んでも、「鬱金ざくらの」につづく三句の「かなしみの」は一首の中では余分であり、傷でもあると思う。そう思うのであるが、この五音がもつ余分のしらべこそ、逝く春がもつかなしみ（哀しみ＝愛しみ）をゆったりと奏でる白秋の歌の真骨頂なのであろう。この上句を享けて、「ちりそめぬれば五月《さつき》はきたる」と結ばれる惜春の情緒はすでに麻薬である。

この白秋の歌のしらべに痺れながら人の波にもまれて進んだ。そして、「渦桜」「松月」「九重」「普賢象」「大手毬」「楊貴妃」などと命名された八重桜を仰ぎつつ、通り抜けを後にして川沿いに出た。川沿いも屋台であふれかえっていた。人と桜に酔い、ちょっと休憩したのが悪かった。

出張校正がすんだという開放的な気分も手伝って、腰を据えて盃を重ねることになってしまった。「鬱金ざくら」の余韻が心地よい酔いを生んでいた。その酔いのまわった私の頭には、浮かんだり消えたりしていた、もう一首の歌があった。白秋の歌がもっている麻薬のようなしらべを嫌悪した塚本邦雄の一首である。

殷殷と鬱金櫻は咲きしづみ今生の歌一首にて足る　　塚本邦雄『魔王』

塚本邦雄は、「鬱金櫻」に寄せる湿っぽい抒情など、毛ほども持ち合わせていなかったであろう。この一首は、おそらく、「鬱金櫻」という「殷殷と」（＝陰陰と）くらく鳴りひびき、画数の多い「しづみ」こむような美しさを放つ漢字のもつイメージから発想されたのではなかろうか。「鬱金櫻」という漢字をもとにした桜の荘重な美しさが上句で発想されたとき、下句の「今生の歌一首にて足る」という気障なまでに明快な意思表明のフレーズが一首に沈みこんだのであろう。美と決意が一首の中で火花を散らしているような歌である。しかし白秋のゆったりとしたかなしみのしらべには勝てないなあと、独りごちつつ、川沿いの葉桜を仰ぎながら、ふらふらとＪＲ桜ノ宮駅へ向かったのであった。

その後、何度か造幣局の桜の通り抜けに出かけた。私が数えたところでは、造幣局には、「鬱金」は五本、そして「鬱金」に似た「御衣黄《ぎょいこう》」という薄緑色の花をつける桜も数本、植わっている。「御衣黄」という品種は、「鬱金」の花びらに残っている薄くれないの色素はなく、花自体が薄緑色である。

この「御衣黄」の木を仰ぎながら、北森鴻の短編小説集『桜宵』に収められている同名の小説を思い出していたことがある。神崎という刑事の、一年前に病気で亡くなった妻の「最後のプレゼント」をめぐるミステリー仕立ての小説である。神崎は、取り込み詐欺事件との関連が疑われる高任由利江をマークしていたが、その女性がある日、薄緑色のワンピースを着て出かけるのを尾行する。


やがて由利江は、（K公園の――引用者註）薄緑の花をいっぱいつけた樹木の下に到着すると、そこに設置されたベンチに腰をかけた。

――そうか、ワンピースの薄緑は、花の色に合わせるために。

由利江の姿は花と一体となり、それは一幅の絵を思わせる光景だった。（北森鴻「桜宵」）


この薄緑色の桜が御衣黄という名前であることを、神崎は後で知ることになるのだが……。これ以上、あらすじを辿るのはやめる。いい小説なので、一読を、とだけ言っておこう。

このように、この薄緑色の花をつける「鬱金」や「御衣黄」を思っただけで、いつもなぜか私の意識はぞわぞわするのである。


かぐはしき暇《いとま》ならねど今年また鬱金《うこん》ざくらの咲くときにあふ　　高嶋健一『草の快楽』

いやはての鬱金桜の下に来て時間に耳あるやうなまひるま

渡英子（「短歌」二〇〇八年六月号）

うかつなことであったが、何年か前に産土《うぶすな》の私の散歩コースに一本の鬱金桜が植わっていることに気づいた。この桜を植えた風流人が誰なのかは知らないが、この桜が咲く季《とき》に遇うと、高嶋健一の「かぐはしき暇《いとま》」を思い、白秋の歌を本歌取りにした渡英子の逝く春の跫音を聴いている時間の耳を思う。

残念ながら、私に鬱金桜の一首はまだない。

【追記】①

このエッセイを書いた翌年の平成二十二年（二〇一〇）一月二十五日に、北森鴻氏が心不全で亡くなったという訃報が新聞の隅に小さく載った。行年四十八歳であったという。心からご冥福をお祈りする。

【追記】②

ここに抽いた渡英子の歌は、平成二十七年（二〇一五）発行の第四歌集『龍を眠らす』に見当たらなかったので、本人に問い合わせたところ、第三歌集の『夜の桃』に改作して収めたとの返事をいただいた。改作の理由は、「多分、旧作の上二句が本歌取りになっているから」だと思うとあった。

転がりしボールは桜の下に来て時間に耳あるやうなまひるま　渡英子『夜の桃』

転がってきたボールが、その根元に止まった桜は鬱金桜であったことを、「時間の耳」にとどめておきたい。

# さくら咲く

天気のよい四月の朝の、人を待っているひとときというのは、心浮き立つものである。四月三日の十時前、私の地元の近鉄榛原駅の改札口で待っていた。東吉野村の天好園で、師の前登志夫の三回忌の法要が営まれることになっていたので、その法要に出ることになっている編集委員たちと元小沢書店社主の長谷川郁夫さんを待っていたのである。天好園のマイクロバスはすでに駅前の駐車場に来ていた。

電車が到着するたびに、数名ずつ参加者が降りて来て、一緒に全員が揃うのを待った。やがて長谷川さんが改札口に姿を見せた。初めて降り立った駅なので辺りを見回している。近寄って挨拶をすると、お互い少し歳はとったが、もう二十年以上も前に「ヤママユ」の夏季研究会に何度か来てくれて、酒を呑み、カラオケを唄った頃の長谷川さんの笑顔がこぼれた。小沢書店の話になると、その話は……と遮って、今は勤め先の大阪芸術大学の近くに住んでいるので、一度大阪で呑みましょうという話になった。

参加者一同が揃ったところで、マイクロバスに乗り込み、天好園に向かった。天好園は、俳人の「運河」主宰の茨木和生さんの肝煎りで建立された、前登志夫の高見歌碑の除幕式前夜の宴が催されたところである。そこで初めて、新潮社元編集長の坂本忠雄さん、同社の鈴木力さん、藤井常世さん、日高堯子さんとも、お目にかかった。秋の除幕式であったので、その宴では、近くの山で採れた松茸がどっさり籠に盛られていて、すき焼きの具や焼き松茸にして、ふんだんにいただいたのであった。

そんな思い出などを話しながら、バスに揺られて短いトンネルを貫けると、高見歌碑が目に飛び込んできた。バスを降りて少し休憩した。

朴の花たかだかと咲くまひるまをみなかみにさびし高見の山は　　前登志夫『縄文紀』

歌碑のすぐ横に建てられたガソリンスタンドは相変わらず無粋であるが、春霞にうっすらとかすむ蒼いピラミッド、高見山の秀峰を仰ぐと、崇高な思いが湧き上がってくる。高見山の孤高のさびしさは、先師の歌の孤高のしらべがもつさびしさと響き合ってはいないだろうか。

歌碑から少しバスを走らせて、運転手さんが宝蔵寺の駐車場に駐めてくれた。形成層の半分以上を剔《えぐ》りとられた痛ましい幹をもつ枝垂れ桜が満開であった。

誰が言い出すともなく、亡くなられる一週間ほど前に、天理の病院から自宅に戻られる途中、長男浩輔氏が運転する車を駐めさせて師が眺められた広橋峠の枝垂れ桜の話となった。その広橋峠の枝垂れ桜を仰ぎながら、先師の胸には、西行の「願はくは花のしたにて春死なむそのきさらぎの望月《もちづき》の頃」の一首が去来しただろうか。

痛ましい幹をもつ宝蔵寺の枝垂れ桜であるが、梢が地につかんまでに咲き誇っていた。私たちはその枝垂れ桜の花びらをしんみりと眺めた。

天好園に着いた。師のご家族、ご親族の皆さんがもう来ておられ、ひととおり挨拶をすませると、檀家の若い住職にお経をあげてもらって法要が執り行われた。目を瞑って読経を聞いているうちに、宝蔵寺の枝垂れ桜の花がまなうらにちらちらとしてきて、「さくら咲く」という初句をもつ師の歌の何首かが、内耳の奥で響きはじめるのであった。

「さくら咲く」という初句をもつ歌は、桜咲く頃、天理の病院に師を見舞った折りふしのことを思い出させる。入院中も、吉野山金峯山寺の蔵王堂の境内に歌碑を建立するという話は進んでいたが、「蔵王堂の歌碑に「さくら咲く」の一首を刻もうと思っているが、筆をもつ気力が湧いてこない」と言われたことがあった。私は「もう少し暖かくなったら気力も湧いてきますよ」というようなことを言ったと思う。そのときの私の頭には、

さくら咲くその花影の水に研ぐ夢やはらかし朝《あした》の斧は　　同『靈異記』

の一首が浮かんでいた。桜の花影が映る朝の水に斧を研ぐという木樵《きこり》の日常を詠んだ歌と読めるが、第四句の「夢やはらかし」のしらべに乗って、水のエロスが匂いやかにやわらかく立ち上がってくる。そして、結句の斧の暴力性は、研ぐ斧の刃《やいば》の上を水の流れとなって渉りゆくエロス神の足裏のように、清冽で危ういエロスをつけ加える。「さくら咲く」の初句をもつ一首を私はこ

れだと思いこんだのであった。
暖かくなってきて日を追って桜は開花を急いだが、師の容態はよい方向に向かおうとはしなかった。そんな師の容態を気遣いながら、蔵王堂の歌碑のことなども「ヤママユ」の仲間との夜の電話で話したこともあった。師が亡くなられ、しばらくは歌碑のことは話題にものぼることはなかったが、京都で行われたお別れの会のとき、「さくら咲く」の初句をもつ歌は、各人がそれぞれ違った一首を思い浮かべていたことが判明した。先に挙げた一首のほかに、次の三首が思い浮かべられていたのである。

さくら咲く青き夕べとなりにけり少年かへる道ほの白く　　同『縄文紀』

色は薄れたが、桜咲く昼の名残を曳くように、青空が暮れ残っている。そんな夕暮れの桜（清楚な山桜であろう）が咲く山村の道を少年が一人帰ってゆく、夕暮れに献げられた生け贄のように。頼りなげであるが、一人生きて行かねばならない人間として。少年の歩みゆく道を桜がほの白く浮き立たせる。少年は作者の息子であり、作者自身であろう。これもいい歌だと思う。

さくら咲くゆふべとなれりやまなみにをみなのあはれながくたなびく　　同『青童子』

同じく桜咲く夕暮れが詠われている。なかなか暮れゆかぬ春の夕暮れはものを思わせるのであろうか。暮れ残る山並みを眺めていると、山に生きた女性たちの「あはれ」（人生）が思われてならない。「をみな」は母であり、妻であるだろう。女性たちの「山の人生」は、山並みにぽつぽつと咲く山桜のようにときどき華やぐこともあっただろうが、蒼く鎮まる山並みのようにじっと耐えていなければならないときの方が多かったことだろう。桜咲く夕暮れには、そんな思いが春霞のようにながくたなびくのである。「咲」以外はひらがなのやわらかいしらべをもつ捨てがたい一首である。

さくら咲くゆふべの空のみづいろのくらくなるまで人をおもへり　（同）

前二首と同様、桜咲く夕暮れが詠われているが、具体的な空の色が詠われ、作者のまなざしは前二首よりもはるか彼方へと放たれている。そして、時間は空に「みづいろ」から「くらくなるまで」ゆったりと流れている。相聞歌であるが甘くはなく、この「人」も誰と限定しないほうがよいほど、はるかな時空を呼び込んでいる。結句まで切れ目がなく、ゆったりとしたしらべに乗って「さくら咲くゆふべの空」を漾《ただよ》う趣がある。

結局、私も含め「ヤママユ」の仲間は、自分の好みの「さくら咲く」の初句をもつ一首を思い浮かべていたと言えよう。

三月の末に、師は天理の病院の担当医に直訴して自宅に戻られたのであったが、その自宅の枕辺の柱に掲げられた色紙に書かれていたのは、最後に抽いた一首であった。最期までもう一枚書きたいとおっしゃっておられたと奥様からもお聞きした。それは叶わなかったが、平明でありながら、相聞のせつなさと時空のはるけさをゆったりとしたしらべにたたえたこの一首こそ、西行庵や青根ヶ峯を望む蔵王堂の歌碑としてふさわしいものであると、今となっては思うのであるが。
先師は、「さくら咲く」の初句をもつ歌を生涯十首詠んでいる。あと六首を抽いておく。

さくら咲くさびしき時間ぞろぞろと群衆はみな父のごとしも　前登志夫『樹下集』
さくら咲く日の近みかも村人はいづこに寄りて呪《じゅ》を唱ふるぞ　（同）
さくら咲く夕ぐれ青しもの言へばこぼるるものをとどめあへなく　同『流轉』
さくら咲く山の菴《いほり》にもの思へばわが晩年の雪降りしきる　同『大空の干瀬』
桜咲く日の森くらし染斑《しみ》噴きてまなこかすめる華やぎならむ　同『青童子』
桜咲く山に死にたる山びとの悔しみの嵩ひとに語るな　同『野生の聲』

終わりに近づいた読経の声に乗って、若い頃、私たちと一緒に歌学びした大谷雅彦の、「さくら咲く」の初句をうまく継承している一首が思い出されてきた。

さくらさくあつき谷まに雨降りてしづかにのぼれわたくしのこゑ　大谷雅彦『白き路』

## 〈非常口〉

夜の十一時近く。しんしんと桜が散っている。遮断機のない踏切の近くで咲いている桜。しんしんと散る桜を浴びながら、踏切を横切るとき車輪を落としてしまった軽自動車を二人の泥酔した男が押している。うんうんと押している。近づいてきた電車に気づかず、うんうんと押している。

電車が間近に近づいたとき、一人は間一髪で逃げることができたが、もう一人は車ごと電車に撥ね飛ばされた。即死であった。衝突音に驚いて、桜が激しくふぶいた。

そのようにして、伯父は死んだ。四十年前の四月。

伯父が死んだときの光景をあたかもその場で私が目撃していたかのように、髙野公彦の次の一首は、何度も何度も反芻させる。

夜ざくらを見つつ思ほゆ人の世に暗くただ一つある〈非常口〉　　髙野公彦『雨月』

「夜ざくら」を見ていると、「思ほゆ」だから、自然と下句のことが思われてくるというのである。下句の「人の世に暗くただ一つある〈非常口〉」というのは、一読、「死」を暗示していることは明らかであるが、「人の世に」と断っているのだから、動植物界には無く、人間界にだけ「暗くただ一つある」「死」といえば、「自死」が暗示されているのだろうか。

また「〈非常口〉」という表記には、満開の夜ざくらを眺めている人の傍らにポツンと灯っている、あの映画館や劇場の〈非常口〉の標識のようなものが暗示されているのではないだろうか。「夜ざくら」に魅入られて、「夜ざくら」の向こうに広がる異界へと足早に去って行く、〈非常口〉の標識に描かれた人の姿が幻視される。そして、夜桜の散るなか、「人の世」の苦悩を酒にまぎらせて、その標識の人のように五十代早々に足早に去っていった、轢死した伯父のことが思われてならないのである。

「自死」が暗示されているのではないかと書いたが、「自死」は私の伯父の死のように自殺とは限らないなあと愚考している。苦悩から遁走する出口のように、緑色にポツンと灯っている〈非常口〉。樋口一葉の掌編小説「闇桜」が、恋の苦悩から死に至る少女の「夜ざくら」のほのかな映えほどの艶なる死を描いていたことも思い出す。

一葉の文壇的デビュー作である「闇桜」のヒロイン、十六歳の千代は、摩利支天の縁日に幼なじみの良之助と出かけたとき、「束髪《そくはつ》の一群《むれ》」の「学校《がくかう》の御朋友《おともだち》」からからかわれたことで、良之助への恋を意識してしまい、恋という「闇桜」の世界に囚われてしまう。そして、良之助にその思いを告げ得ぬ恋病から、「人の世に暗くただ一つある〈非常口〉」である「自死」とも言える死へと吸い寄せられてしまうのである。この小説の最後の一文、「風《かぜ》もなき軒端《のきば》の桜《さくら》ほろ〳〵とこぼれて夕《ゆふ》やみの空鐘《そらかね》の音《ね》かなし」は、散る桜に、千代のはかないが、「お詫《わび》は明日《みやうにち》」と良之助にその思いを伝え得た、ほのかな艶なる安堵の映えを曳く死を暗示して終わっていた。髙野公彦の一首に詠まれた〈非常口〉は、「ただ一つある」であって、ただ暗いだけではないのではなかろうか。

恋に身を灼いた少女といえば、もう一人、八百屋お七のことを「思ほゆ」。少々俗っぽくなるが、坂本冬美が唄う「夜桜お七」は、私のもっとも好きな演歌の一曲である。うまくは唄えないが、酔ってカラオケ店に入ると必ず唄ってしまう。この「夜桜お七」の作詞をしたのが林あまりである。第一歌集の『MARS☆ANGEL』の数首が下敷きになっている。

さくらさくらいつまで待っても来ぬひとと死んだひととはおなじさ桜!
林あまり『MARS☆ANGEL』

なにもかも派手な祭りの夜のゆめ火でも見てなよ　さよなら、あんた
(同)

これらの短歌に詠まれた物語性を味わいつつも、やはり頭の中には演歌のメロディーがめぐっている。その損失を補ってあまりあるほどの愛唱性が手に入れられたともいえようが……。

宮本輝に「夜桜」と題した短編小説がある。ヒロインは二十年前に離婚した五十歳前の更年期の女性、綾子。前年に、女手ひとつで育てあげた一人息子を交通事故で亡くしている、この綾子の胸の内を描いた物語である。

綾子の家にはすばらしい花を咲かせる桜の庭がある。その桜を見下ろせる息子の二階の部屋を、その日、婚姻届を出したという貧しい電気工の青年に一夜だけ貸すことになってしまう。その夜、青年は妻となった女性とやってきて、息子の部屋で過ごす。そんな艶なる夜の階下の部屋で、綾子は散りゆく夜桜をもの思いにふけりながら眺めるのであった。

夜桜の、間断なく散りつづけるさまだけが心に染みて、生温かい花のしぐれに身をゆだねている心持に酔っていた。（略）彼女はいまなら、どんな女にもなれそうな気がした。

（宮本輝「夜桜」『幻の光』）

ひたぶるに花を散らす夜桜のように、離婚、育てあげた最愛の息子の急死、そして閉経となにもかも失ってはじめて、夫の浮気をどうしても許せなかった自分のかたくなな殻や、性的に潔癖であった自らの女性性さえ越えて、「どんな女にもなれそうな気が」するという境地に至った、綾子という女性の心の奥に蔵われていた勁さを、宮本輝は描いたのではないだろうか。

夜半さめて見れば夜半さえしらじらと桜散りおりとどまらざらん

馬場あき子『雪鬼華麗』

馬場あき子のこの一首も、夜桜に女性の情念のはげしさを見ていると読んでいいのだろう。

「姥桜」といい、「桜鬼」とも喩えられる桜は、「しらじらと」した美しさゆえか、女性性を秘めているように思われる。（馬場あき子は、「ほのかにも鬼は居るなりさくら花咲きゆく日日の花の麗《もゆら》に」（「桜鬼」『飛花抄』）とも詠んでいる。）そして、夜にはことにその本質や深淵を見せるのかもしれない。「とどまらざらん」という命のはげしさやひたぶるさは、男性を寄せつけない鬼気せまる女性の情念の一面をとらえているように思われる。

しらべはすっと通っているが、S音の繰り返しが耳に心地よく、耳から「しらじらと」散る夜桜の情景が思い浮かぶ。しかし、この一首をながれるS音は、夜をこめて散りつづける桜のはげしく、はかない美しさをしらべにとどめている。

このように夜の桜の存在感は圧倒的である。あるときは私たちを存在の覚醒へと誘うこともある。

花しろく膨るる夜のさくらありこの角に昼もさくらありしか　小島ゆかり『希望』

はたた神またひらめけば吉野山桜は夜も花咲かせをり　前登志夫『樹下集』

小島ゆかりの歌。夜桜の存在感によって、昼は気づかなかった「角」の「さくら」の存在を認識したという歌である。「この角に昼もさくらありしか」というほど忙しい日常にまぎれて咲いていた桜が、ほっと一息ついた夜には「花しろく膨るる夜のさくら」の豊かな存在感を見せつけたのだろう。そして、一瞬、見慣れた街角を異界へと変える。さらりと詠まれているように見えて、桜という存在の本質に迫る鋭い洞察力がのぞく。

前登志夫の歌には、吉野山という異界が一瞬見せた凄絶な美がとらえられている。

前登志夫の多くの歌は、夜の抖擻《とそう》行から生み出される。前の抖擻行は歌の道である。この一首には、吉野山から四寸岩山を越えて大峰に至る修験道が想定されていたのだろうか。そのきびしい行の最中、いなづまが照らし出した夜の山桜の美。いなつるびが稲の穂をはらますように、はたた神は死をはらむ異界の美を照らし出したのである。一瞬の間《かん》にとらえられた存在への覚醒が、永遠の相を見せて、しらべとして一首に息づいている。「はたた神」というはげしい創作意識が照らし出す「桜は夜も花咲かせをり」という意識の奥底にある単純で静謐ないのちの美しさを思わざるをえない。この夜の抖擻行は、意識の奥にある異界へとつきぬけてゆく〈非常口〉をかい間見せてくれたのかもしれない。異界への〈非常口〉の開示を告げる一首のしらべはきびしい。

## 枝垂れ桜

平成二十年（二〇〇八）四月五日に逝去した前登志夫は、二月初旬に入院した天理市の病院を三月に二度「脱獄」している。

一度目は三月十三日。これは小林幸子歌集『場所の記憶』の「孔雀青」一連に詳しい。「退院をみづから決めて」「孔雀青の背広とあかきマフラー」という出で立ちで、

春日さす病院の窓ふりあふぎ「脱獄だ」といひたまひけり　　小林幸子『場所の記憶』

と「脱獄」したのである。

しかし、再び病状が悪化したため、同病院へ舞い戻ることになる。そして、どうも死を覚悟した節のある三月三十日、担当医に直訴の手紙を書き、二度目の「脱獄」をしてわが家へ帰るのである。その途中、車を運転していた長男の浩輔氏の話によると、もう少しで自宅という場所にある広橋峠に車を停めさせ、ひと際目をひく一本の満開の枝垂れ桜をしみじみと見上げて飽きることがなかったというのである。それからほぼ一週間後に前登志夫は亡くなるのであるが、しみじ

み と満開の枝垂れ桜を仰ぎながら何を思っていたのだろうか。小林の挽歌を抽く。

いくたびも脱獄をしてさくら咲く吉野に逝きしひと頌むるべし　（同）

前登志夫の亡くなった四月五日は旧暦のきさらぎ尽日に当たったので、当然、西行の辞世「願はくは花のしたにて春死なむそのきさらぎの望月の頃」に思いを馳せていただろうが、この広橋峠の桜が前登志夫自身ほとんど詠まなかった枝垂れ桜であることを考え合わせると、柳田國男の「信濃桜の話」の一節なども去来していたのではなかろうか。

私たちの問題にしなければならぬのは、何故に斯ういふ枝の垂れた糸桜が、もとは限られたる一地域の産であり、後には弘く国中にもてはやされるに至つたか。単なる珍奇をめでる心より以外に、何かその背後に之を重く見なければならぬ、古来の感覚が有つたのではないかといふことである。私の一つの仮定は、神霊が樹に依ること、大空を行くものが地上に降り来たらんとするには、特に枝の垂れたる樹を択むであらうとするのが、もとは普通であつたかといふことである。　（柳田國男「信濃桜の話」）

自らの死を思いながら、生命力溢れる枝垂れ桜をしみじみと見上げていた前登志夫の眼には、大空をふかぶかと渉って樹に依り来るものの存在が見えていたのではなかろうか。前登志夫の枝垂れ桜の歌が読めないのはかえすがえすも残念である。

小林幸子が住む千葉県には有名な枝垂れ桜がある。真間の手児奈を祀る弘法寺《ぐぼうじ》の伏姫桜。樹齢四百年という。

まさをなる空より枝垂桜かな　　富安風生『松籟』

この寺の枝垂れ桜を詠んだ句という。境内の石碑に刻まれているが、柳田國男の一節を踏まえたような句である。髙野公彦にもこの寺を詠んだ一首がある。

弘法寺《ぐぼうじ》の桜ちるなか吊鐘は音をたくはへしんかんとあり　　髙野公彦『淡青』

この一首は、枝垂れ桜よりも、しんしんと散るその桜の音なき音をたくわえて深閑とある吊鐘に焦点が当てられている。散る桜の美よりも吊鐘のどっしりとした存在感がしらべにひびく一首である。

夕光《ゆふかげ》のなかにまぶしく花みちてしだれ桜は輝《かがやき》を垂る　　佐藤佐太郎『形影』

みちのくの夜冷えしだるる糸ざくらわが恋ふる子は眠りたらむか　　岡野弘彦『異類界消息』

天界にえにし在るゆゑ地に恋ふる滝のまことをさくらにぞ見る　水原紫苑『あかるたへ』

滝桜あふぎて立てば花ならぬ何者か見ゆ天病まなくに　（同）

佐藤佐太郎は、日中の光の衰えた夕方になってこそ、満開の枝垂れ桜は、その存在をまぶしく開示するように「輝《かがやき》を垂る」のだと、結句でぴしゃりと決めている。技巧の冴えがまぶしい。岡野弘彦は、老いゆく身の悲哀を「糸ざくら」に託して、「恋ふる子」へしだるるエロスの情念を一首にひびかせる。「糸ざくら」はいのちを輝かせる桜の精であろう。

水原紫苑は、歌集『あかるたへ』に日本の「三大桜」を詠んでいるが、ここでは「日本最大の枝垂桜、満開に出会ふ」と詞書された三春の滝桜から二首抽いた。「天界にえにし在るゆゑ」、柳田國男の言う「地上に降り来たらんとする」、「滝のまこと」を枝垂れ桜に見ると詠う三首目。四首目の「花ならぬ何者か」は、柳田國男の言う「大空を行くもの」であろうか、それとも結句に余韻を残す病める「何者か」への祈りであろうか。枝垂れ桜自体が地への祈りの姿とも見える。

写真でしか見たことはないが、この滝桜は樹齢千年以上の紅枝垂れ桜という。同じ紅枝垂れ桜でも、京都の平安神宮にある紅枝垂れ桜は、谷崎潤一郎の『細雪』をはじめ、いろいろな小説に描かれてきた。渡辺淳一も『桜の樹の下で』という小説でこの桜を描いている。「枝垂れには、美しさのなかに毒が潜《ひそ》んでいるようである。」という文に続けて次のように書く。

「こうして見ると、紅《あか》い花が空から降ってくるようで……」

南の庭に入ってすぐの枝垂れ桜は、樹全体が盛り上がって見えたが、いま池を前にしてみる枝垂れ桜は、春陽の下で血の滝を見るようである。

（渡辺淳一『桜の樹の下で』）

清純な女性の中を流れる妖艶なエロスが、枝垂れ桜の美しさのなかの毒や血の滝として表象されている。岡野弘彦の一首に少し見てきたが、枝垂れ桜の聖性とエロスを渡辺淳一はこの小説で描き切ったと言えよう。

# 老い桜

母は今年、平成二十三年（二〇一一）八十五歳になる。その母の脳細胞を壊して吸い取って、桜は脳の形の満開の状態になっていくのかと疑いたくなるほど、毎年、桜の季節には母の認知症がどんどん進行していくように思われる。桜が満開になっても、一日中、電気炬燵に寝そべっている。ボタンひとつで操作できる便利な家事製品が増えていくに反比例して、その操作を憶える気力も、家事自体を行う気力もなくしてしまったようである。このような老母をかかえているので、老いた父母や伴侶の介護を詠った歌はとてもひとごととして読むことはできない。

小島ゆかり歌集『さくら』は、認知症の父親を詠んだ歌集であるが、桜を詠みこみつつ、父親に対する娘のひたぶるな愛をふぶかせている。

葉ざくらがまた花になる時かけてわが父の脳いたく縮みぬ　　小島ゆかり『さくら』

気づかずに死後へ踏み入ることあらずや声消えやすき花のトンネル　（同）

花びらの顔にかかればうれしくて父はかがやく鼻水たらす　（同）

たくさんのさくら歩いてゆきました父がわすれた日々のむかうへ　（同）

「葉ざくらがまた花になる」季節のうつろいの速さに父親の認知症もそれにつれて進行してゆく残酷さを見ている一首目。父親を車椅子に乗せて桜の花のトンネルを押してゆくとき、その顔が見えないので、ふとこのまま満開の桜に父親のいのちは吸い取られてしまうのではないかという不安を詠う二首目。いつも憂鬱な顔をしている車椅子の父親の顔に桜花びらが降りかかったとき、満面の喜びの表情を見せ、鼻水をかがやかせたと聖なる鼻水を詠う三首目。父は見てきたたくさんのさくらの思い出を喪失してしまったと詠う四首目。

ここには介護の具体は詠まれていないが、娘の父親に対する深ぶかとした愛情が静かなしらべに乗せて、さくらとともに詠みこまれている。

小島は「あとがき」に「このなかの何首かでも、介護の歌ではなく愛の歌として読んでいただけることがあったら……」と書いているが、認知症の父親の現実とその関係を通して、

見えてゐて見えぬさくらよ父恋ひはふるさとまでの帰り道なる　（同）

と詠む一首に見るように、「父恋ひ」と「望郷」さえ詠みこんでいる。介護は歌の素材であって、テーマは相聞である。

このようなはかない人間の老いに直面しているからこそ、日本の三大桜と称される、樹齢千年を越えるような老い桜に対《むか》うときには、私たちは神ながらの畏れにうたれて、ただうち仰ぐしか

ない。水原紫苑歌集『あかるたへ』の中の福島・三春の滝桜はすでに取り上げたので、ここでは山梨・山高の神代桜と岐阜・根尾谷の淡墨桜《うすずみざくら》を取り上げる。

青天にわが相対《あひたい》す山高の神代桜死をわらひをり　水原紫苑『あかるたへ』
屋根もちて砦のごとき花の洞《うろ》迫害さるる子らを入れたし　（同）
夜に入りて正身《むざね》あらはすうすずみのさくらよ神と契り殺《あや》めし　（同）
神すらもあざむきにけむうすずみのさくらわらへば夜空波立つ　（同）

樹齢二千年とも言われる神代桜に相対しながら、死という時の概念を越えて咲き続けるこの桜は「死をわらひをり」と詠む。そしてその「砦のごとき」幹の洞には、現代の大きな問題である虐待されている子どもたちを匿《かくま》いたいと詠う。また夜の淡墨桜は、神と契って神を殺めたために死という時の概念を越えてしまった正体を咲かせていると詠む。死を司る神さえもあざむいて咲く淡墨桜が、笑うように風にさわだてば、それに呼応するかのように夜空も波立つのである。これらの老い桜の圧倒的な生命力と美には、神や死という概念すらかすんでしまうようである。

二首目に、神代桜の「花の洞《うろ》」が詠まれているが、俳人の野澤節子は「こひがんざくら」という随筆で、

さくら好きな水上勉氏の話によると、さくらは古くなると自分の身を食って生きつなぐという。

幹の中はがらんどうとなり、骨のようなごつごつした樹皮だけになって、なお長く生きつなぐのだという。身に沁みて涙の出るようなさくらの悲しさ妖しさが、（略）一層身に迫ってくる。

と書いている。樹皮だけになって生きつなぎ、花を咲かせる老い樹の生命力には、私たちの短い命を荒々しく波立たせてくれるものがある。

最近読んだ馬場あき子の「佐渡行」三十首（「短歌」二〇一一年七月号、のち、歌集『記憶の森の時間』所収）には、これらの老い桜が与えてくれるのに匹敵するような歌の力を感じて感銘を深くした。

老い桜ただまつ白き下にゐてゆく時は速し来る時はなし　　馬場あき子「佐渡行」

よきことも悪しきも乏しくなりゆくを老いといふなり桜見てゐる　　（同）

鰤のカツや、蝗草、そしてジェンキンスさんなど、佐渡の風物や現実を自在に詠みこみながら、佐渡の老い桜に情を抒《の》べる一連である。老い桜の樹の下に佇みながら、「ゆく時は速し来る時はなし」と恬淡と老いの境地を詠む。悟りとも言える下句は、何ものにも動じない老い桜の風格があり、凛と言い切って小気味よい。「よきことも悪しきも乏しくなりゆくを老いといふなり」と言いながら、桜を眺め、お酒をたしなみ、遠流《おんる》された八十歳の世阿弥に思いを馳せる。世阿弥が『風姿花伝』に説く、これ、まことに得たりし花なるがゆゑに、能は、枝葉《えだは》も少く、老木《おいき》になるまで、花は散らで残りしなり。これ、眼《ま》のあたり、老骨《らうこつ》に残りし花の証拠《しようこ》なり。

（世阿弥「年来稽古条々・五十有余」『風姿花伝』）

に通ずる歌境と言えようか。

斎藤史は「老いてなほ艶《えん》とよぶべきものありや　花は始めも終りもよろし」（『秋天瑠璃』）と詠んだが、わが母の惚けは母なりの終わりの花のあり方かもしれぬ。今しばしわが母の終わりの花を見るとするか。

## 「生はいとしき蜃気楼」

山やまがもみじを急ぐ気配を見せはじめた頃、「ヤママユ」三十三号が出た。雑誌が出るといつも、一ヶ月ほどかけて、じっくり作品に目を通す。作品は作者の日常をそのまま映し出す鏡ではないだろうが、作品にはもみじの濃淡のようにそれぞれの作者の境涯がしらべに乗ってそよいでおり、おろそかに読みとばすことはできない。

同人の山本常江の「いづこへゆきし」十三首に目を通しているとき、突然一陣の木枯らしに吹かれたもみじの葉擦れのように、私のこころの梢をさざめかす一首に出会った。

見上ぐれば「生はいとしき蜃気楼」さくらの詩句の口出づるかな

山本常江「いづこへゆきし」

この一首には「茨木のり子〝さくら〟」の詞書がついているが、一首のしらべに乗って「蜃気楼」のように、茨木のり子の詩「さくら」が意識の奥底から顕ちあがってきて、本棚に詩集『食卓に珈琲の匂い流れ』を見つけ出した。少し長いが全行を抽く。

## さくら

ことしも生きて
さくらを見ています
ひとは生涯に
何回ぐらいさくらをみるのかしら
ものごころつくのが十歳ぐらいなら
どんなに多くても七十回ぐらい
三十回　四十回のひともざら
なんという少なさだろう
もっともっと多く見るような気がするのは
祖先の視覚も
まぎれこみ重なりあい霞だつせいでしょう
あでやかとも妖しとも不気味とも
捉えかねる花のいろ
さくらふぶきの下をふららと歩けば
一瞬

名僧のごとくにわかるのです
死こそ常態
生はいとしき蜃気楼と

（茨木のり子『食卓に珈琲の匂い流れ』所収）

平易な言葉で書かれているが、読む者をふららと思索の淵へ歩み寄らせるような魅力をもっている。山本常江は桜の花を見上げれば、この詩の最後の一行が口をついて出ると詠う。そして本歌取りのように、この一行は詩の全体を思い浮かべさせるのである。

思い浮かべた詩句のふぶく中をしばらくふららと歩いてみることにする。

この「さくら」の詩にも、戦争を体験した詩人の痛切な思いが響いているのが感じられる。茨木のり子の第二詩集『見えない配達夫』の中の最も人口に膾炙した詩「私が一番きれいだったとき」の第三連に次のような詩句がある。

私が一番きれいだったとき
だれもやさしい贈物を捧げてはくれなかった
男たちは挙手の礼しか知らなくて
きれいな眼差だけを残し皆発っていった

（茨木のり子「私が一番きれいだったとき」第三連）

桜の花のような散りぎわのみごとさを讃えられて、戦争に散っていった男たち、その男たちをただ見送るしかなかった女たちの痛切な思いが「さくら」の詩にも託されているのではないか。

茨木のり子は、「ことしも生きて／さくらを見」ながら、人が生涯に桜を見る回数を思いみる。「どんなに多くても七十回ぐらい」と数えはするものの、「もっともっと多く見るような気がするのは／祖先の視覚も／まぎれこみ重なりあい霞だつせいでしょう」と指摘する。茨木のり子が桜を見るときには、「祖先の視覚」だけでなく、「挙手の礼しか知らなくて／きれいな眼差だけを残し」て死んでいった男たちの視覚もまぎれこんでいたにちがいない。

桜狂ひなりし亡き父わがまなこ貸して今年の桜花を見せむ　稲葉京子『しろがねの笙』
岩押して出でたるわれか満開の桜のしたにしばらく眩む　前登志夫『鳥獣蟲魚』

稲葉京子は、桜が大好きであった亡き父を偲んで、「わがまなこ貸して今年の桜花を見せむ」と詠う。しかし、まなこを貸した作者にも、亡父の視覚は「まぎれこみ重なりあい」しただろうと思う。まなこを貸して見せた「今年の桜花」はどう見えたのだろうか。作者は自分のまなこを貸すことで父の思いを生き直しているのである。

前登志夫の一首は、とても長い「祖先の視覚」のスパンをもっている。「記紀」に出てくる尾ある人である岩押分之子《いわおしわくのこ》の意識を曳きながら満開の桜を見ている。暗い洞窟から岩を押して外へ出てきて見た満開の桜に目が眩んでいる状態を詠んでいるが、ほんとうは作者は歌にしたたった、うつつかまぼろしかも不分明な神話的な時間を咲かせる桜に目が眩んでいるのである、陶然として。

このような「祖先の視覚も／まぎれこみ重なりあい霞だつ」時空意識は、山中智恵子の次の一首にも泡立っている。

さくらばな陽に泡立つを目守《まも》りゐるこの冥き遊星に人と生まれて

山中智恵子『みずかありなむ』

ここにも眩むような「陽に泡立つ」満開の桜が詠まれている。満開の桜の「陽に泡立つ」ような明るさが際だつと、この地球といういくつもの戦争を繰り返してきた遊星の歴史の冥さや、その冥さを曳く現代という時代の冥さが、よく見えてくるというのであろうか。それは人と生まれたからこそ見えてくる冥さである。そのような人間の冥さをも目をそらすことなく「目守りゐる」作者の「泡立つ」ような強靱な精神の在り処がこの一首には見える。そして、宇宙感覚を伴った広がりを呼びこむ「この冥き遊星に人と生まれて」という下句は、上句の「陽に泡立つ」「さくらばな」を宇宙樹としてそよがせるのである。

また、この一首は、先に抽いた前登志夫のよく知られた「かなしみは明るさゆゑにきたりけり一本の樹の翳らひにけり」（『子午線の繭』）という一首を呼びこむ。どちらの歌も、上句の明るさが下句の暗さを深める、あるいは下句の暗さが上句の明るさを際だたせるという歌の構造をもっていて、どちらの歌のしらべにも透明な宇宙感覚がそよいでいる。

この二人の歌人の詠う「冥さ」や「翳り」は、「明るさ」に触れたとき、戦争の時代をくぐりぬけてきた戦中世代のこころに湛えられた底知れぬ「かなしみ」の感情から立ちのぼってくるのかもしれない。前登志夫の「一本の樹」は、底知れぬ「かなしみ」に屹立している宇宙樹である。

戦中世代といえば、岡野弘彦は戦火をくぐりぬけてきた兵士として、まさにその現場において底知れぬ「かなしみ」を体験してきた歌人である。『バグダッド燃ゆ』の中で、

ほろびゆく炎中《ほなか》の桜　見てしより、われの心の修羅　しづまらず
岡野弘彦『バグダッド燃ゆ』

などの空襲を受けて炎上する桜を詠んで、おのれの「心の修羅」をみつめてきたが、それ以後も、「死こそ常態／生はいとしき蜃気楼」という意識を曳きずりながら精力的に桜の歌を紡いでいる。

岡野は平成十九年（二〇〇七）の角川「短歌」四月号に「火山列島の桜」二十六首を発表している（のち、歌集『美しく愛しき日本』所収）。

磔刑《たくけい》の身を反らし立つ　列島弧。血しほに染めて　花さきさかる
岡野弘彦「火山列島の桜」

かなしみを内にひそめて　ほむらなす咲きかがよへり　日本の桜
（同）

同じ一連に「谷蟇《たにぐく》のさ渡るきはみゆきゆきて　若き命はつひに帰らず」という一首もあり、軍国日本の一員として「若き命」をむだに死なしめたという贖うことのできない罪の意識が、「磔刑」や「血しほに染めて」のような激しい言葉を選ばせるのであろうか。散華の思想を強いた祖国への恩讐がしらべに響く。ついに祖国に帰ることのない「若き命」を思い、「かなしみを内にひそめて」詠む岡野の桜の歌は、まぎれもない悲痛な鎮魂歌であろう。

戦争を知らない世代で、もっとも「生はいとしき蜃気楼」の思いをひそめて桜の歌を詠んでいるのは、渡辺松男であろうか。二首抽く。

なくしたるもろもろや得しもろもろのらんまんたるは桜花《あうくわ》にゆるる　　渡辺松男『蝶』

とりかへしつかざるあまたなることも嬉嬉とさくらのひかりをあぶる　　（同）

やわらかなしらべに乗せて、満開の桜の花の光の中に痛切な喪失感を詠うこれらの歌も、とりかえしのつかない私たちのいとしい生の翳りをくっきりと見せている。

# 二

# 桜の樹の下には

書き出しの一文を聞いただけで、題名や作者名のわかる小説はいくらでもある。しかし、梶井基次郎の短篇小説「桜の樹の下には」の書き出しの一文は、それ以後の桜観を決定づけてしまうほどの思春期に味わう戦慄のひとつである。

桜の樹の下には屍体が埋まつてゐる！

じーんと感覚を痺れさせるような一行である。ざっくりと心を抉り、ぐいっとわしづかみにして、それ以後、永く感性の尻尾を摑んではなさない麻薬のような痺れ。桜に死を観想する日本人の伝統的な感性をぶっ壊してしまうほどの禍々しく新しい凶暴さがある。あまりにも衝撃的なこの一行のために、小説の内容自体はあまり心に残っていないのではないだろうか。

ある時、県展に出品された「桜の樹の下には」と題する絵を観たことがあった。それは、梶井の小説「桜の樹の下には」の、馬のやうな屍体、犬猫のやうな屍体、そして人間のやうな屍体、屍体はみな腐爛して蛆《うじ》が湧き、堪らなく臭い。それでゐて水晶のやうな液をたらたらとたらしてゐる。桜の根は貪婪《どんらん》な蛸《たこ》のやうに、それを抱きかかへ、いそぎんちやくの食糸のやうな毛根を聚めて、その液体を吸つてゐる。

（梶井基次郎「桜の樹の下には」）

という一節をリアルな絵にしたもので、うまく描かれてはいたが、それを観ている私の口中には苦い胃液があがってきた。解説的な絵の凡庸さに、私をわしづかみにしていたあの小説の一行のきらびやかな観念が呻き声をあげたのであった。

岩田正も、この小説を踏まえた一首を詠んでいる。

屍骸根にありてゆるがぬ美をもつか究めんと一樹の桜花に対す　岩田正『靴音』

やはり、この小説は岩田の桜観にも深く根を下ろしていたようである。

中西進は、『雪月花』に収められている「花の狂」の中で、「一体どんな樹の花でも、所謂《いはゆる》真つ盛りといふ状態に達すると、あたりの空気のなかへ一種神秘的な雰囲気を撒《ま》き散らすものだ。それは、（略）灼熱《しやくねつ》した生殖の幻覚させる後光のやうなものだ。それは人の心を撲《う》たずにはおかない、不思議な生き生きとした、美しさだ。」という梶井基次郎の「桜の樹の下には」の一節を抽き、灼熱した生殖はしばしば後光を幻覚させる、その強烈な後光のごとき美しさが、死によってうまれる、というのだ。屍体の幻像は生殖の幻覚と重なる。

（中西進「花の狂」『雪月花』）

と言う。中西進は梶井のこの小説に、「生に輝きながら死にくまどられている」「花の狂」を見るのである。そしてその「花の狂」の正体とは、

花の中に性と死を透視せしめ、そのふしぎな幻覚の中に人間をおとし入れて、花はその人間を肉体的にまるごとおのれの世界に誘導し、とじこめてしまうのである。

（同）

と帰納する。あの書き出しの一行に禍々しい新しさを私が感じとったのは、死を孕んでいるこの後光のような性の輝きであったのかもしれない。

小川和佑も桜について多くの文を綴っているが、その著『桜と日本人』の中で、梶井のこの小説を取り上げ、この戦慄的な一行を梶井に呟かせた桜は、「伊豆の湯ヶ島温泉瀬古峡に咲く最盛時のソメイヨシノの数株だった」と指摘している。そして、

彼は桜に死を見たのではない。むしろ、咲き極まった花に性の輝きを見ているのだ。

（小川和佑『桜と日本人』）

と言う。「梶井の抑圧された性が呟かせた熾烈な一行なのだ。」と。
この小説の終わりの方で、梶井は、

一体どこから浮かんできた空想かさつぱり見当のつかない屍体が、いまはまるで桜の樹と一つになつて、どんなに頭を振つても離れてゆかうとはしない。（梶井基次郎「桜の樹の下には」）

と書いているが、小川和佑は、詩集『青猫』に収められた「春宵」の第四連を抽いて、萩原朔太郎の詩の影響を見ている。

人生《らいふ》の春のまたたく灯かげに
嫋めかしくも媚ある肉体《からだ》を
こんなに近く抱いてるうれしさ
処女《をとめ》のやはらかな肌のにほひは
花園にそよげるばらのやうで
情愁《じやうしう》のなやましい性のきざしは
桜のはなの咲いたやうだ。
（萩原朔太郎「春宵」『青猫』）

朔太郎と同じくボードレリアンであった梶井への影響は、直接的で大きなものであっただろうが、中西進は『遠景の歌』に収められたエッセイ「桜の樹の下」の中で、昭和五十七年（一九八二）に東京で開かれたムンク展で観た絵に、この小説の「発想の根源」を見出して驚いている。

一樹が根を高くあげて立ち、その下に、髑髏《されこうべ》をいただいた屍体があって、それを踏まえるように腹の大きな妊婦が、髪を長く背中に垂らして立っている。いうなれば奇妙な樹下美人図だが、彼方にはまことに大らかに、児童画さながらの太陽が輝いている。

（中西進「桜の樹の下」『遠景の歌』）

という絵である。

これは「新陳代謝」という奇妙な題をもつ絵で、ムンクは『生命のフリーズ』というパンフレットの中で、「これは生と死の図であり、死人から滋養分を吸い上げる森があり、木々の繁みのかなたには発展している町がある。これは、生命を支える強靱な力の絵である。」と言っている。ムンク自身が言うように、生命力に対する賛美を表明する絵なのである（稲富正彦編集・解説『ムンク』）。

私もこのムンク展を京都の美術館で観たのを憶えている。「叫び」の絵の前は黒山の人だかりであったのを。そのとき、「新陳代謝」という絵を目にしていたからこそ、県展の絵に拒絶反応を起こしたのかもしれない。小説の最後の方で、感嘆詞を伴って、もう一度、ああ、桜の樹の下には屍体が埋まつてゐる！

というフレーズが出てくるが、小川説、中西説ともに発想の淵源として首肯できるところである。四百字詰原稿用紙で五枚足らずの小品「桜の樹の下には」について長々と述べてきたが、朔太郎の詩やムンクの絵にその発想の淵源を認めつつも、梶井の感性にも、桜に死を観想する日本人の伝統的な桜観が揺曳していることは否めない。そのような桜観に、梶井は、戦慄的といえるほどの生命的なベクトルを付けくわえたのである。

ねがはくは花の下にて春死なんそのきさらぎの望月《もちづき》の頃《ころ》　　西行『山家集』

と西行は詠って、この歌のとおりに寂滅したために、後世において讃えられたが、この一首にもすでに死んだのち花となって再生せんと願うほのかな春のエロスが漂ってはいないだろうか。この一首を踏まえて、佐佐木幸綱は、

春はおぼろか西上人《さいしようにん》が逝きしより花待つこころに死が訪るる　　佐佐木幸綱『群黎』

と詠んだが、「西上人が逝きしより」八百余年後の歌人にも受け継がれている死と生がせめぎ合う桜観が、春のもやっとした季節の中にとらえられている。

前登志夫は、

血縁のふるき斧研ぐ朝朝のさくらのしたに死者も競へり　　前登志夫『靈異記』

と詠んで、「さくらのしたに」競い合うほどの「死者」がいる古国との和解を願ったが、この一首には梶井の小説の一行の影響が濃く見てとれる。それが第八歌集の『鳥總立』では、

死に失せし人さへ森をさまよはむ花びらしろく流れ来る日は　　同『鳥總立』

と、帰郷や故郷との和解といった重い観念を担わされていた「死者」も、ようやく「花びらしろく流れ来る日」にはぶらぶらと森をさまよい歩くほどの気安さを得てきたように見える。

小説に目を移してみると、大岡昇平は『花影』という小説の終わりの方で、自死を決意した銀座のバーのホステスの葉子に、死ぬ直前に見た夢として、桜の樹の根元に埋まっている自分の姿を見させている。

日は高く、花の影はまっすぐ地上に落ちて、重なっていた。その樹の根元に埋っているのは葉子だった。影は葉子の上にも落ち、重い光線が体を貫いて、地中に滲み通って行った。そしてはるか下の方で、裸身の像に集まるのを見た。

（大岡昇平『花影』）

死を前にした桜のエロスをまとった夢。この『花影』という小説も、梶井の一行を濃く継承しつつ、戦後の復興から高度経済成長へと向かう時代に翻弄されて生きた女性の哀しさを描き出したといえるのではないだろうか。

最後に、雨宮雅子の一首、

さくらばな見てきたる眼をうすずみの死より甦《かへ》りしごとくみひらく　　雨宮雅子『悲神』

を抽いて、「さくらばな」に死と再生を見るようになってきた私たちの桜観に思いを馳せておきたい。

# 散華

近くに「愛宕さんのケヤキ」と呼ばれている樹齢数百年を経た神木の大欅がある。八岐大蛇《やまたのおろち》のように四方八方に枝を広げている。その欅の根に近い太い幹にできた洞《ほら》に着生した山桜の細木が今年も咲き出した。オレンジの炎え立つ若葉に清楚な花を咲かせて、可憐である。染井吉野の咲き誇る美しさには目を奪われるが、年々歳々、山桜の美しさが好ましくなってきている。まして大欅の洞に生え出た寄辺のない山桜のけなげさは見ていて飽きることがない。

ふと、牧水の一首が口をつく。

うすべにに葉はいちはやく萌えいでて咲かむとすなり山桜花　　若山牧水『山桜の歌』

この一首については別のところ（「瀬瀬走る」の章）に書いたので重複は避けるが、朝日を浴びて春風にそよいでいる山桜を目にするときなど、本居宣長の一首が浮かぶこともある。

敷島の大和心を人とはば朝日に匂ふ山桜花　　本居宣長

この歌は宣長六十一歳の自画像に入れた賛《さん》であったという。小川和佑はその著『桜の文学史』で、この歌を、

虚心に読んでみると、「もののあはれ」という新しい視点を提唱した国文学者らしくない、イデオロギーの歌である。宣長はさくらを見ていない。観念のさくらをただ歌の形にして見せた。

（小川和佑『桜の文学史』）

と批判している。確かに、この歌は、明治から昭和の富国強兵、軍国主義の時代の流れに呑み込まれて、死の花を象徴する「散華」の宿命を荷《にな》わされていくが、この歌自体からは小川が言うほど「イデオロギー」も「観念のさくら」も感じられない。

述志の歌であり、けっしてうまいとは言えないが、朝日を浴びてオレンジに炎え立つ若葉に映える、清楚な花をそよがせている山桜を「朝日に匂ふ」と詠いとめた匂いやかな表現には、「大和心」を受け止める「もののあはれ」が感じられる。「虚心に読んでみる」とはそういうことであろう。

「観念のさくら」と断罪するのは、現代を生きる小川の歴史観が濃く投影されてはいないだろうか。宣長は、居住地の伊勢松阪から私の住む宇陀榛原ででも宿りして、何日かかけて吉野山へ花見に訪れているし（『菅笠日記』）、墓には山桜を植えるようにと遺言したほどの山桜好きであった

のだから。

しかし、歌を詠んだ本人の思いにかかわらず、しらべに乗って時代に流されて一人歩きをしてしまう怖さが短詩型文学としての短歌にはある。宣長のこの歌も軍歌に取り込まれ、墓の山桜は忠魂碑の桜の植樹（この桜は染井吉野であるが）に形を換えて、国策に吸収されていく。「万朶《ばんだ》の桜か襟の色／花は吉野にあらし吹く／大和男子とうまれなば／散兵線の花と散れ」（「歩兵の本領」）から、「貴様と俺とは同期の桜／同じ兵学校の庭に咲く／咲いた花なら散るのは覚悟／見事散りましょ国のため」（「同期の桜」）へと、より俗化しつつ謡いつがれ、宣長の歌の心を散華の色に染め上げていく。

太平洋戦争の戦局が日に日に険しくなっていく昭和十九年（一九四四）十月、最初の「神風特別攻撃隊」（特攻）が出撃する。その各隊には宣長の歌に因んで、「敷島」「大和」「山桜」の名前がつけられたという。そして、最初の名誉の戦死の栄誉を荷ったのは関行男大尉率いる敷島隊であった（城山三郎『指揮官たちの特攻』）。

こうして見てくると、小川の言うように、宣長の一首の与えた影響の大きさは計りしれないものがあるが、断罪するよりも、大きな時代の流れに押し流されてしまう、内に批評性を孕んでいない短歌のもつ怖さを肝に銘じておくべきだろう。

戦局が悪くなるにつれて、特攻はますます苛烈さを増す。人間爆弾「桜花」、人間魚雷「回天」、潜水艦「海龍」など、次々に開発される特攻兵器で、文字どおり桜の花びらが散るように若い兵士たちが散華していく。その「回天」に乗り込んだ若者の意識を生々しく描いたのは、高橋和巳の小説『散華』であった。

数えでやっと十九歳になったばかりの若者が、膨大な諦念と緊張に身をゆだねて鋼鉄の殻の中にみずからを閉じこめようとしている。ひとたび外から閉ざされれば、二度とでられぬ鋼鉄の洞窟に。それは洞窟というにはあまりにも機械油臭く、母の胎内にたとえるにはあまりに冷たかった。体はたえずゆらゆらと揺れ、そして息苦しい洞窟の小さな窓から、若者は、一瞬、無限に広がる紺碧の海の色をみた。西に傾斜する日の余光と、海の波のたわむれとを……。まだ死にたくない。おれは死にたくない……。

（高橋和巳『散華』）

私たちの「ヤママユ」の仲間であった郷原艸夫も、城山や高橋とほぼ同世代に当たる。師と仰いだ前登志夫を追うように一昨年、平成二十三年（二〇一一）の春に逝去したが、歌集『水冴』に次のような一首を収めている。

海底ゆ「海龍」浮かびぬ　たたへられ水漬きゆきたるたましひあはれ　郷原艸夫『水冴』

「海龍」は「頭部に六〇〇キロ爆弾を詰め、水中翼をもつ二人乗りの潜水艦」（『指揮官たちの特攻』）である。郷原は陸軍幼年学校へ進んだ軍国少年であった。その思いを果たせぬまま敗戦を迎えた悔しみを『水冴』の「あとがき」に書き留めている。「敗戦まもない或る日の午後、（略）

つい先日まで敵国であった米軍の戦闘機がわがもの顔に故郷の空を飛び回るのを、ただ体を固くして見上げるしかなかったあの時に感じた屈辱感を、（略）今も忘れることができない。」この屈辱感を郷原にもっと詠わせることはできなかっただろうか。

淋しげに睫毛しばたたく夜の桜ざんざざんざとはなふぶきゆけ　　郷原艸夫『冬歌』

郷原艸夫の歌は一首一首が鎮魂歌である。夜の桜が「淋しげに」念仏を唱えながら「ざんざざんざと」散っていく。

散華はなにも戦場のみにあるのではない、と太宰治の小説「散華」は言う。昭和十九年に発表されたこの小説には、二人の「若い友」の散華が書かれている。時局柄、戦場に散った若い友に多くの筆を割いているが、書きたかったのは、病を得て戦場にも行けず、針仕事をしている母の傍らで世間話をしながら静かに息をひきとった若い友の死ではなかったか。

うらうらと晴れて、まったく少しも風の無い春の日に、それでも、桜の花が花自身の重さに堪えかねるのか、おのずから、ざっとこぼれるように散って、小さい花吹雪を現出させることがある。（略）天地の溜息と共に散るのである。空を飛ぶ神の白絹の御衣のお裾に触れて散るのである。（略）人間の最高の栄冠は、美しい臨終以外のものではないと思った。（太宰治「散華」）

季節は違うが、紅葉《もみじ》が「天地の溜息と共に散る」ように、昨平成二十四年（二〇一二）十一月成瀬有が逝去した。歌集をいただく以外、顔を合わすこともなかったが、私が歌を詠み始めた頃に目にした『游べ、櫻の園へ』の次の一首によって、私の中では昵懇な歌人の一人であった。

サンチョ・パンサ思ひつつ来て何かかなしサンチョ・パンサは降る花見上ぐ

成瀬有『游べ、櫻の園へ』

なぜ「サンチョ・パンサ」を思いつつ来たのか、主人公のドン・キホーテではなく。おそらくこの歌が詠まれた時代に関係すると思うが、七十年安保の改定反対を唱えて革命を夢見たドン・キホーテの時代があった。私もドン・キホーテの時代に巻き込まれて風車に跳ねとばされたことがあったので、この歌の内省的でかなしげなサンチョ・パンサに惹かれた。サンチョ・パンサは現実主義者でものの道理も見えているのに、結局はドン・キホーテ的状況に巻き込まれて痛い目に遭う。捨て置けないかなしさ。理想と現実の狭間に立って、降る花を見上げるしかないかなしさに。

彼の最後の歌集となった『真旅』には、現代という時代と切り結ぶドン・キホーテ的なひたぶるさが詠われてきていたのに、その早い死には瞑目するしかない。

花やすらへなべてやすらへ鬼の子と病み果つる世を鎮めむと舞ふ

成瀬有『真旅』

眼目は下の句のひたぶるさにあるが、初句の「花やすらへ」には、迢空の「花の話」に出てくる囃子詞「やすらへ。花や。」から発想された、迢空に対する熱い思いが込められている。成瀬有の迢空論を楽しみにしていたのだが。

成瀬の師、岡野弘彦の『美しく愛しき日本』より一首抽いて、成瀬有及び郷原艸夫への手向けとしたい。

地をおほひ散り頻《し》く花にうづもれて　魂は　身を離《さか》りゆくらし
岡野弘彦『美しく愛しき日本』

離りゆきし詩魂よ、やすらかに。

【追記】①
その洞《うろ》に着生した山桜の若木に可憐な花を咲かせていた愛宕さんの大欅は、平成二十七年（二〇一五）の春の嵐によって、八衢《やちまた》に広げていた幹のひとつが折れ、径を挟んだ向かいの家の廂と自動車を潰したという。そして今後もいくつかの幹が折れる危険性があるということで、その夏に伐り倒された。拙歌集『周老王』の「愛宕さんの欅」にはそのことを詠んだ歌を収めたが、そこから数首を引く。

太幹の洞《うろ》に若木の山桜咲かせて春を華やぎをりしが
大欅伐り倒されて素裸の空あらはれぬ恥ぢらふごとく
伐られける欅の切株撫でたれば年輪にたつ時間《とき》の声紋

萩岡良博『周老王』
（同）
（同）

**【追記】②**

平成二十八年（二〇一六）三月十九日夜、人間爆弾「桜花」についての番組を観た。ETV特集「名前を失くした父―人間爆弾〝桜花〟発案者の素顔」である。「桜花」発案者の太田正一は、終戦直後に自殺したと伝えられていたが、戦後も横山道雄と名を変えて生きていたという衝撃的な内容であった。

もちろん、太田は生年月日も出身地も隠しており、戸籍はなかった。そのため、太田の息子の大屋隆司は、母の姓を名乗っている。その息子が、父・太田正一の人間像を求めて、当時の父を知っている人たち（ほとんどが九十歳以上）を訪れて話を聞くというドキュメンタリー番組である。太田正一は、平成六年（一九九四）に逝去。行年は八十二歳であった。

人間爆弾「桜花」による作戦を遂行する神雷部隊は、昭和二十年（一九四五）三月二十一日に鹿屋基地より出撃した。「桜花」はロケット噴射で進む、爆弾に羽のついた形状の兵器で、一式陸上攻撃機に取り付けて運ばれ、アメリカ軍の大型空母に近づいたところで切り離されて、空母を撃沈することが期待された。エンジンも車輪も付いておらず、切り離されたが最後、決して生還することができないので、「人間爆弾」と呼ばれた。アメリカ軍は〝BAKA—BOMB〟（バカボン）と呼んでいた。

しかし、「桜花」を運ぶ途中の攻撃機が、アメリカ空軍に撃墜され、ほとんど戦果はあげられず、八二九人が戦死したという。そして、発案者であった太田正一は、自ら「桜花」に乗ることなく終戦を迎えたのであった。

番組は、そのような兵器を発案した父の人間性に疑念を抱いて苦悩する息子の姿を淡々と追っている。還暦を越えてなお、自分のアイデンティティを戦争の深い疵痕に辿る大屋隆司の姿は、「桜花」と名付けられた兵器のもつ痛ましさをせつせつと伝えていた。

【追記】③

角川「短歌」平成二十八年（二〇一六）十月号の三枝浩樹巻頭作品「季節のスケッチ」三十一首の次の一首が目に止まった。

ぴかぴかのエノラゲイそのかたえなるちっぽけな人間ミサイル「桜花《OHKA》」

三枝浩樹（「短歌」二〇一六年十月号）

スミソニアン博物館には、広島に原子爆弾を落とした大きなB‐29爆撃機「エノラゲイ」に並んで、米軍が接収した「桜花」がそのちっぽけさを見せつけられるように展示されている。三枝の一首に、蛇足の「なみだぐましも」という結句をつけたい誘惑にかられた。

# 花信

桜の開花の早い年はあわただしい。今年、平成二十五年（二〇一三）はそんな年であった。三月の末には、大和国中《くんなか》のほとんどのところで桜は満開となった。

四月はじめに、今年卒寿を迎える父が畳の上で転倒した。腰椎圧迫骨折と硬膜下出血という診断であった。胴に鎧のようなギプスをつけたり、頭のＣＴを撮ったりと、にわかにあわただしくなった。

今年は吉野山の桜は四月上旬に満開となるだろうと予測もし、楽しみにもしていたのだが、認知症の母の介護と父の看病を妻にまかせて、吉野山に脚を向ける状況ではなくなった。十日過ぎには宇陀の桜が散り始めたが、父の治療のため、毎日ほど整形外科と脳外科通いであった。

十三日の土曜日の午前中に、父は胴を固定していたギプスを電動鋸で切り取ってはずしてもらい、コルセットに替えてもらった。その作業を見ながら、先師の前登志夫が「夜明けの懸崖」を跳んで腰骨を摧き、胴全体を締め付けるコルセットを巻いていた折、「落武者の鎧みたいやろ」と照れくさそうに言われたのを思い出していた。照れながらも、先師が「落人」への思いを深めたのは、その鎧みたいなコルセットを巻いたときからではなかっただろうかと。

昼過ぎに父を自宅に連れ戻り、食事をすますと、誰かに呼ばれてでもいるかのように、無性に吉野山へと向かいたくなった。幸い妻の機嫌もよかった。一度、花の時季に車で出かけて何時間も先へ動かない渋滞に懲りていたので、電車で向かった。吉野駅に着いた時には、もう三時に近かった。それでも土曜日ということもあり、ケーブルを待つ人は長蛇の列を作っていた。

ともかく水分《みくまり》神社まで行ってみようと七曲坂《ななまがりざか》を歩いて登る。駅の前山の桜も、七曲坂の桜も、すっかり散ってしまって葉桜になっていた。ケーブルの到着駅付近からは露店が立ち並び、往く人帰る人でごったがえっていたが、蔵王堂を過ぎ、ひたすら道を急いだ。中千本の桜も散ってしまっていた。

桜の散ってしまった中千本の坂を登りながら一首の歌を呟いていた。

さくら山よしやよしのの幻のひとつか彼のあはき体温　　日高堯子『牡鹿の角の』

幻の桜の花を揺曳させながら坂を登っていく私の風狂が招き寄せた一首である。呟きながら登って行くと、テープが巻き戻されるように私の背後に散ってしまった幻の花が咲き出す。ここにはいない「彼のあはき体温」のように、しずかなエロスをたたえている幻が発するほのかな熱を思う。

桜のもっとも美しいときの吉野をわたしは知らない。（略）わたしにとっての吉野のさくらはいまだに幻だ。むしろ幻であるがゆえに、さくら山に向けた想念はかえって増殖する。花びらはおそらく、遠く離れている彼の体温のように冷たいだろう。

（日高堯子「桜と身体」『黒髪考、そして女歌のために』）

満開の吉野山の桜を詠んだ日高の歌を目にしてみたい気もする。坂の途中に、また長蛇の列ができている。トイレの順番を待つ女性の列。気の毒だと思うが、花の吉野山の現実でもある。その列を横目で見ながら、さらに登って行くと上千本となる。ありがたいことに、上千本の桜は散らずにまだ残っていた。満開を過ぎて、はらはらと花びらを散らし始めていた。

吉野山さくらはきみをわすれつつきみのいのちを咲かせやまずも

水原紫苑『あかるたへ』

これは「み吉野三日」という小題をもつ二十首中の一首である。この一首を、野口あや子は、「自分が恋愛で得たものも失ったものも、ひとも、体内で深くふかく吸い込んで育んで花にしていく」（「短歌研究」二〇〇八年二月号）と等身大の相聞歌として読んでいた。そのみずみずしい感性は鋭いと思うが、しかし一連の中で読むと、前後の歌から、この「きみ」は西行であると推察される。

時空を超えた相聞歌。吉野山の桜は、あれほどあくがれ詠った「きみ」をすっかり忘れて、もはやほとんどの人が「きみ」を吉野山と結びつけることなどなく、「きみ」の歌の精髄としての桜のいのちを咲き誇っているという吉野山の桜への讃歌であるのだろう。

この一連には、「花醍醐知らで過ぎなむ一生《ひとよ》かもみ吉野三日黒髪の伸ぶ」という一首もある。この「花醍醐」については、岡野弘彦が、前登志夫の一首、

あづさゆみ春大空に全山の花散りゆかばやまひ癒ゆべし　　前登志夫『大空の干瀬』

を抽いて次のように書いていた。

百年に一度とか、吉野全山の桜が一斉に空に舞い上り、花吹雪の渦となって降る日があるという。それを花醍醐という。病篤い前さんの心を去来していた花醍醐のまぼろしを思うと、私の心も明るくなるような気がする。
（岡野弘彦「ヤママユ」三十号）

水分神社にお詣りして、花矢倉から昏れてゆく蔵王堂を見下ろしていると、散りゆく桜の花とともに、おのずから光を曳いて、ひとつの歌がこぼれてゆく。

ちる花はかずかぎりなしことごとく光をひきて谷にゆくかも　　上田三四二『湧井』

この一首を含む「花信」二十八首には、「吉野山の山麓温泉ヶ谷に元湯なる鄙びたる一軒家あり。花にやや遅きころ、ゆきて留まること四日。」という詞書がある。上田はこの一首を含んで九首を抽き、この吉野行で「出会った吉野の花は、（略）何かこの世ならぬものの現前であったとも思いなされる」（「わが来し方」『短歌一生』）と述懐しているが、しかし、この一首については何も言っていないに等しい。

玉井清弘はこの一首の音楽性に言及し、「この作は、漢字は「花」「光」「谷」の三語のみで、平仮名を主体にし、その平仮名の醸し出す音楽性は、とどまることのない「ちる花」を描き出している」（『鑑賞・現代短歌8上田三四二』）と端正な鑑賞をしている。

しかし、と思う、少しもの足らないと。上田の短篇小説集『花衣』の解説（講談社文芸文庫）を書いている文芸評論家の古屋健三は、この一首について、「この澄みに澄んだ名歌を射精を詠んだ歌と言い出せば、色情狂と罵られそうだが」と断りながら、この歌のエロスについて言及している。「ちる花」に極まった時間が緩び出すせつないエロスを見ている。古屋は歌に男性のエロスを見たが、私には女性のエロスも見える。

題名にもなった『花衣』という短篇小説集には、咲き極まった満開の桜のイメージを曳く女性との情交が描かれている。女性の着物を脱がせるため、帯や何本もの紐をほどく場面が執拗なまでに描かれ、続いて髪をほどくためにヘアピンを抜く女性の動作も克明に描かれる。締めつけるものからほどかれ、咲ききって、そして死んでいった女性への思慕。やがて、その追憶から醒め

て、

立ち上がって歩き出した彼の後ろに、いつまでも堪えていた時の流れが堰を切って、風はないのに、盛りの花の梢から、たまらず、花びらが二三片こぼれ落ちた。

　桜変相が、はじまっていた。　（上田三四二「花衣」）

と小説は結ばれる。

　いつまでもぶつぶつとこの一首を呟きながら、蒼闇の這い登ってくる坂を下った。ふと見ると、上田の歌のように、谷の方へ曳かれるように散っていく白い花びらが見えた。上田は散る花に男女の極まったエロスの光芒を重ねていたように思うが、私には老いを必死に生きている老父母のことがしきりに思われた。

　コルセットをつけて弱法師《よろぼうし》のように杖にすがって歩く父も、惚けた母も、老いというはげしい時間を生きる老残の姿を、私への最後の訓えとして見せてくれているように思えた。父も母も精一杯に咲き極まった時間の光芒を曳いて散っていく桜の花びらなのだ。

　父母の待つ家へと家路を急いだ。近鉄榛原駅に着いた時には八時を回っていた。自宅近くの荒れ果てた神社の前を通りかかると、山桜の古木がしんしんと闇に花を散らしていた。

かたはらに死者ものいふとおもふまで夜の山ざくら花をこぼせり　前登志夫『落人の家』

先師前登志夫はじめ、私のなかに親しい死者が多くなってきた。花をこぼす「夜の山ざくら」を見るときは、酒を提げて来なければならないと思った。

# 桜の「匂い」

桜の蕾から薄くれないの花びらがのぞき出すと、気温も体温も上昇するように思われる。きっと桜も温かい樹液を汲み上げているのだろう。

そんな桜が開花する時季に、ふと目にした一首が、いつまでも気になって、それでなくとも落ち着かなくなることがある。

さくらばな匂ふ坂道ひとりゆく無尽のうすき刃浴びつつ　　内田令子『地天女』

同人誌「解放区」に拠る内田令子歌集『地天女』の一首。下の句の「無尽のうすき刃」は抽象的で、満開の桜から降る光なのか、散りはじめた花びらなのかわからぬが、とにかくひりひりと身を斬りつける感情を運びつつ、「さくらばな匂ふ坂道」をひとり歩いているという。ひりひりとした抽象を芯にもついい歌だと思うが、私が気になっていたのは上の句の「さくらばな匂ふ」の方である。

「匂う」（ニホフ）は多義語である。『広辞苑』によれば、「ニは丹で赤色、ホは穂・秀の意で外に現れること、すなわち赤などの色にくっきり色づくのが原義。転じて、ものの香りがほのぼのと立つの意」とある。八つの意味が載せられているが、大雑把には、

①色が照り映える、

②香りが立つ、

③かすかにその気配がある、

ぐらいに、その語義を摑んでおけばよいだろうか。

先の一首を、現代的な用法での②の「香りが立つ」で読んでいたのだが、桜に香りがあるのだろうかという疑問が大きくなってきて、落ち着かなくなってきたのである。別に①の、桜が咲き誇り「照り映え」ている坂道を「ひとりゆく」ととっても、一首の読みにそれほど大きな差異が生じるわけではないし、古典和歌の伝統を踏まえたその読みの方が適切であるかもしれないが、桜は香るのだろうかという疑問が残った。

たしかに、古典和歌や古文を読むときは、高校時代に叩き込まれたように、「匂う」は①の「色が照り映える」を自明のものとして読んできた。

見渡せば春日《かすが》の野辺《のべ》に霞立《かすみた》ち咲きにほへるは桜花かも
詠み人知らず『万葉集』(巻十・一八七二)

古《いにし》への奈良の都の八重桜けふ九重に匂ひぬるかな
伊勢大輔『詞花和歌集』(二九)

年をへておなじ梢《こずゑ》に匂《にほ》へども花こそ人にあかれざりけれ
西行『山家集』(上春八九)

古典和歌から桜の匂いを詠んだ三首を引いたが、いずれも輝くばかりに照り映える桜の美しさを詠んでいる。『万葉集』は「詠み人知らず」であるが、霞の立つ春日野の満開の山桜を素朴に詠んでいて、田植えを促す桜の開花を踏まえる生活に密着した一首かもしれないし、『詞花集』の伊勢大輔の一首は、「古」と「けふ」、「八重」と「九重」という対語を八重桜の花びらのように重ねながら、宮居の栄華をたたえている。『山家集』の西行の一首は、詞書があり、毎年おなじ梢に照り映える山桜を詠みつつ、「年をへて」便りのなくなった人に対する恨みがましい思いも詠みこんでいる。

『伊勢物語』九十段の核になっている歌「**桜花今日《けふ》こそかくもにほふともあな頼みがた明日の夜のこと**」にも、今日照り映えている桜も明日の夜には頼みがたいという桜のはかなさが詠まれていた。

『枕草子』には造花の桜の匂いが書かれていて興味深い。積善寺《しやくぜんじ》供養の回想をした長い文なので、その一部を引く。

桜の一丈《いちぢやう》ばかりにていみじう咲きたるやうにて、御階《みはし》のもとにあれば、「いととく咲きにけるかな。梅《むめ》こそただ今盛《さか》りなれ」と見ゆるは、作りたるなりけり。すべて、花の匂《にほ》ひなど、つゆまことにおとらず。いかにうるさかりけむ。雨降らば、しぼみなむかしと思ふぞ、くちをしき。

（清少納言『枕草子』第二六〇段）

この桜の造花も、「つゆまことにおとらず」咲き照り映える美しさをもっていたのだろう。時代はくだって、江戸時代。本居宣長の一首「敷島の大和心を人とはば朝日に匂ふ山桜花」については前にも書いたが（「散華」の章）、この一首の「匂ふ」も伝統的桜観の照り映えるという意味を曳いている。しかし、この一首は、宣長が還暦の自画像の賛として入れたため、同時代の上田秋成は辛辣に批判している。

い中人《なか》のふところおやじの説も、又田舎者の聞いては信ずべし。（略）どこの国でも其国のたましひが国の臭気也。おのれが像の上に書きしとぞ。

（上田秋成『膽大小心録』）

この一首の下の句の匂いやかな表現には見どころがあると、かつて弁護したことのある「田舎者」の私としては耳が痛いが、ここには歌の場ということについての鋭い批評がある。「おのれが像の上に」賛として書くという、場についての思慮のなさは弁護のしようがない。

宣長は七十一歳の秋の夜長に眠れぬままに三百余首の桜の歌を詠み、それを『枕の山』という歌集にまとめているが、それに対抗するかのようにライバル秋成も七十歳を賀して「桜花七十章」と題する七十首を残しているのもおもしろい。

山里はゆふ暮さむみさくら花ちりはそめねと匂ひしめりて　　　上田秋成「桜花七十章」

我やと丶吾は思へとさくら花あるし顔にも香に丶ほふ哉　（同）

秋成の「匂ひ」を詠みこんだ二首を引いた。宣長の歌に対する辛辣な批判ほどはうまい歌とも思わないが、肩に力が入っていない分、秋成の歌の方が好ましいか。

こんなことを思っていると、桜が一気に咲き出した。今年は片っ端から桜の香りをかいでみた。ソメイヨシノはじめ、枝垂れ桜、吉野山のシロヤマサクラとつぎつぎに花びらに鼻を近づけて香りをかいでみたが、どれも香りはないと言っていいほど匂わない。ただ、吉野山の下千本から上千本への坂道を辿っているときなど、どこからかかすかな香りが漂ってくるように思われたのだが……。匂いにもまぼろしはあるのだろうか。

ふるくにのゆふべを匂ふ山桜わが殺《あや》めたるもののしづけさ　前登志夫『青童子』

この一首には、「ゆふべを匂ふ」ということで、照り映えている山桜というよりも、かすかに香り立つ山桜の匂いが感じられる。最初にあげた内田令子の一首も、この歌に曳きずられて読んでいたのかもしれない。罠にかけて殺めた獣、生きるために口に入れる動植物の命、知らずに踏みつぶしているかもしれない虫などに対する省察的な「しづけさ」を詠う下の句を視野に入れて読んでみると、この一首には、山桜が「ふるくにのゆふべ」に放つ音なき音の気配さえ感じられる。視覚、嗅覚、聴覚の境界を超えて「匂ふ」山桜……。

山桜の匂いといえば、前登志夫は、小学三年の長男が四月のはじめに山道に迷ったときのことを「歌の思想」（『明るき寂寥』所収）に書いていた。ほのぐらくなって長男が保護されたとき、「ポツンといった。山ざくらは甘く匂うものだと。陽が沈みはじめ月も出たという。（略）おなじ山の辻へ何回も出てしまって、もうわからないと泣き叫んだとき、かたわらでさくらが匂ったという。」それから、長男は谷川に沿って近くの村に至り、保護されるのであるが、その長男の話を黙って聞いていた前登志夫は思う。

それは乳の匂いの幻覚であったかもしれぬ。山の中の恐怖のどん底で泣き叫んで、確実にその瞬間一つの乳離れを体験したのであろうか。（前登志夫「歌の思想」『明るき寂寥』）

視覚も、嗅覚も、聴覚も、その区別を超えて、私たちが感覚そのものとなってじかに世界に触れようとするとき、山桜は私たちの存在そのものの匂いを放つのかもしれない。

前登志夫の引用した文中の「乳の匂い」から、小泉八雲の「乳母ざくら」という小品を思い出した。乳母であった「お袖」という女性の墓に植えられた桜が、毎年女性の命日の二月十六日に花を咲かせるという怪異譚である。

それから二四五年のあいだ――いつも二月一六日に――花を咲かせている。そしてその淡紅色は、まるで乳で濡れた、女の乳房のようであった。

それで、乳母ざくらと呼ばれている。

（小泉八雲「乳母ざくら」上田和夫訳）

この桜は私たちの命に根ざす、どこかなつかしい郷愁をそよがせている。乳母が死ねば乳離れを体験せざるを得ない。この桜はどんな匂いがしたのだろうか。

角川「短歌」平成二十六年（二〇一四）四月号のグラビアは、「花歌」の第一回で、岡野弘彦の三首がグラビアの写真に文字どおり花を添えていた。そのうちの一首。

わが庭の大島桜さきみちて　花香すがしき下にいで立つ

岡野弘彦「花歌」（「短歌」二〇一四年四月号）

これも、桜が開花する時季にふと目にして気になっていた一首である。大島桜は香るのだろうか。何回か行ったことのある大阪の造幣局の通り抜けに、大島桜があったことを憶えていたので、その時季を待って出向いた。

いつものことだが、人であふれかえっていた。あまたある里桜にもほとんど香りらしい香りはなかったが、「静香」という札がかかった里桜には、その名にふさわしく芳香があった。そして、目当ての大島桜にも、岡野が一首に詠んだように、「すがしき」花香があった。そのかすかな花香となって喧噪の中を漂いながら、しばらく桜の「匂い」について考えていた。

# 震災と桜

阪神大震災から今年、平成二十七年（二〇一五）で二十年が経つ。二十年前の一月十七日は平日であった。勤めに行くために、もう起きなければと夢見ごこちにいるところに激震が襲った。跳び起きて、枕元のガラスボードを押さえた。五時四十六分。何度目かの揺れがおさまると、キッチンで弁当を作っていた長女に声をかけた。「大丈夫か、火は止めたか」と。高校生の長女は、その頃、ほとんど私と会話をしなくなっていたが、「うん、止めた」と応じた。その朝のことは、こんな些細なことまでまざまざと思い出すことができるのだから、罹災された方はいかばかりであろうと思う。

やがて、罹災された方（玄人も素人も）の短歌が、新聞や雑誌にあふれ、テレビや新聞のニュース報道では窺えなかった惨状を知ることにもなる。そして、大きな事故、事件、震災が起こった時はいつもそうであるが、ニュース報道に材を取った短歌も数多く目にした。しかし、横倒しになった高速道路や火の手があがっている建物の映像に、何千という人の死と、辛くも死を免れたが、その人のトラウマを思う時、映像を短歌にしないという選択もあるのではなかろうか。

あんなに多くの人が一瞬のうちに命を失い、家を焼かれ、生き埋めになり、寒さにふるえていても、わたしの言葉はあまりにも無力である。罹災しないわたしがやすやすと詩歌に表現したならば、わたし自身を軽蔑しつくすだろう。（略）ただ黙って安らかなれと禱るだけである。

（前登志夫「罅割れた風景」『木々の声』）

この阪神大震災の時に書かれた先師前登志夫の表現姿勢を、基本的に私も引き継ぐ者であるが、機会詩への誘惑に抗することができず、次のような拙い歌を詠んでいる。

ああ神戸、瓦礫の山も焼跡も寒の昴はしんと照らせり
大き地震《なゐ》に耐へし樹木は年輪のすこし乱れてたたずむらむか

萩岡良博『木強』
（同）

そのようなやまれぬ表現への欲求によって詠まれたと思われる、その年の桜を詠んだ歌を、平成七年（一九九五）の角川「短歌」六月号より数首引く。

はなかげになほ紅蕾《べにつぼみ》寄り合へばさくらは苦行のいのち滾らす

大滝貞一（「短歌」一九九五年六月号）

いよいよに春はさびしきやはらかく梢にあふれくるさくら花

石川恭子（同）

桜前線さまよひゆきし春にして血縁を濃く淡く隔てつ

辺見じゅん（同）

この年の桜は、大滝作の「苦行のいのち滾らす」という苦しげな様相を見せ、石川作の「いよいよに春はさびしき」という抒情を「やはらかく」咲かせる。辺見作では、桜前線も「血縁を濃く淡く隔て」るように迷走したと詠む。

四年前の東日本大震災は、津波を伴っていた分、阪神大震災よりもさらに被害は甚大で、その爪痕はまだ深く罹災地に刻まれている。この大震災が襲う数日前に、CGで創られた津波に呑みこまれた人々を撮ったシーンのある「ヒア・アフター」という映画を観ていたため、三月十一日に襲ったリアルタイムの震災の映像では、その津波に呑みこまれた人々がリアルに想像されて、長く観ていることができなかった。

しかし、震災の現実は私のちゃちな想像をはるかに超えるもので、死者・行方不明者は二万人を数える惨状であった。この自然の猛威と、その猛威が引き起こした悲しみを直視しつつ、うちひしがれた言葉を回復せんと、師の訓えに背いて、拙い鎮魂の歌を数首詠んでいた。

呑みこまれ語られぬまま海の底にふるへてをらむことばはいまも　萩岡良博『禁野』

うなさかの蒼穹裂けてその割れ目にあまたの蝶の飛び発つを見つ　（同）

この年、平成二十三年（二〇一一）の桜も、歌人の思いを託されて、苦しげに悲しげに咲いている。まず「短歌研究」六月号より引く。

さくら花やがて咲くらむ鎮まらぬあまたの霊にひかりそそげよ
秋山佐和子（「短歌研究」二〇一一年六月号）

リマインド　リマインド　という痛みもて枝ことごとく桜をささぐ
井辻朱美（同）

そして、角川「短歌」六月号からも。

かなしみを溯れひとのなみだから涙へそらみつやまとのさくら
松本典子（「短歌」二〇一一年六月号）

充ち満つる祈りの島にさくら咲き供華《くげ》し散華す数かぎりなく
蒔田さくら子（同）

どの歌も津波に呑みこまれた人々に対する熱い祈りがしらべに息づいている。秋山作、突然の死による「鎮まらぬあまたの霊」に捧げる敬虔な祈り。井辻作、そのような霊を忘れるなと「痛みもて」花を咲かせる桜。松本作、「かなしみ」の「なみだ」のように北へと溯りつつ咲く「やまとのさくら」。蒔田作、咲くも祈り、散るも祈り、さくら「充ち満つる祈りの島」である日本を詠む。

二十年前も、そして四年前も鎮魂の歌として桜は詠まれてきたが、九十二年前の関東大震災の後、岡本かの子が詠んだ「桜」百三十八首は類のない連作である。瀬戸内晴美の『かの子撩乱』

や尾崎左永子の『かの子歌の子』によれば、この連作は、震災の翌年の「中央公論」春季特集号に、名編集者の滝田樗蔭から「桜百首」という依頼を受けて発表したものである。しかも、期限はたったの一週間であったという。

「春花」と詠まれているものが三首、「花」と詠まれているものは一首、それ以外の百三十四首のすべてに「桜」や「さくら」という言葉が入っているこの連作は、まさに歌の桜並木である。

桜ばないのち一ぱいに咲くからに生命《いのち》をかけてわが眺めたり　岡本かの子『浴身』
林檎むく幅広ないいふまさやけく咲き満てる桜花《はな》の影うつしたり　（同）
地震《なゐ》崩れそのままなれや石崖に枝垂《しだ》れ桜は咲き枝垂れたり　（同）
おみな子の金もうくるを笑はざれ日本のさくら震後の桜　（同）
日本の震後のさくらいかならむ色にさくやと待ちに待ちたり　（同）
狂人のわれが見にける十年まへの真赤きさくら真黒きさくら　（同）

『かの子撩乱』によれば、かの子一家は夏休みの太郎（のちの画家岡本太郎）を連れて避暑に来ていた鎌倉で震災に遭った。九月一日の朝、東京へ帰るべく出発準備に取りかかっていたが、かの子が手間取って昼になり、食事が終わったとたんの十一時五十八分に関東大震災に襲われた。出発準備をしていた部屋の屋根が落ちたが、間一髪で庭に逃れ、一家は命拾いをしたのである。あまりにも有名な一首目の「生命《いのち》をかけてわが眺めたり」には、この時の記憶も揺曳しているのだろう。

かの子のこの一首について、日高堯子は次のように言っている。

花をみるということは、あくまでも花を自分の内に取り込んで、自分の身体と一体化させて認識することなのである。（略）自然がかの子の身体を通過する瞬間こそ、身体のメタファーが発生するなまなましい〝いのち〟の瞬間といえるのだろう。

（日高堯子「桜と身体」『黒髪考、そして女歌のために』）

この鋭い考察に蛇足は不要だろう。

二首目は、桜の樹の下で林檎を剝く光景を詠んでいるが、「幅広ないふ」に映る満開の桜は、かの子の繊細な神経のような危うい心象風景ともなっている。三首目から五首目は、すぐれた歌とは言えないが、いずれも「震後のさくら」を詠んでいる。崩れ落ちた石崖を癒すように枝垂れ咲く枝垂れ桜を見、桜の絵でも描いて、いささかのお金を手にすることを夢想しつつ桜を待ったのかもしれない。

六首目は、掉尾に近い百三十首目の歌であるが、十年前（大正二年（一九一三））に自分を襲った激震である神経の病で入院したことを思い出して詠んだものである。前後の歌のルビから推すと、「狂人」は「きちがひ」と読むのであろうが、「狂院《きやうゐん》のさくら」を「真赤きさくら真黒きさくら」と詠んでいるのは、かの子の激情と苦悩を暗示していて痛ましい。その神経の病の原因については、『かの子撩乱』と『かの子歌の子』で見解に相違があるが、ここではそれには触れない。

ともかく、十年前の自分自身の精神の変調をも見つめて、集中的に「桜」百三十八首を詠み終えた後、上野に家族づれで桜を観に行った時、実物の桜を観て、かの子は激しく嘔吐したという逸話が残っている。

# 又兵衛桜

高校の教師の仕事をしながら歌を詠んでいければと思っていた。しかし、思っていたほど楽な仕事ではなかった。いわゆる進学校の母校の教師像をイメージしていたが、新任として赴任することになった学校は荒れていた。

生徒にとっては、ベテランも新任も先生である。最初の授業から荒波にもまれた。何度も溺れかけ、波に呑みこまれながら、なんとか一年目を終えた。二年目は一年生のクラス担任を持つことになった。その年度から、生徒の荒れを何とかするために、一年生は担任がクラス全員の家庭訪問をすることになっていた。荒れている生徒だけの家庭訪問をすると、余計に反発を招くことになるからである。

保護者は共働きの家が多く、訪問は夜のことが多かった。学校は奈良市にあったが、生徒は県各地から通学してきていた。だから、すべての家庭を回るのに一ヶ月半ほどかかった。夜の十時以前に帰宅することなどほとんどなかったが、保護者との連携の一歩としてある程度の成果があった。しんどかったが、靴べらし教育の充足感もあった。そして、何よりも若かった。

朝から小雨の降る一日であった。家庭訪問のため学校を出る夕方には雨は上がっていた。その日は私の自宅がある榛原の隣の大宇陀から通学している生徒の家であった。強度の近視で大酒も呑むので、車の免許は取っていなかった。真面目な生徒だったので、保護者から家での生徒の様子を聴き、学校生活の様子を話すとそれ以上話すことはなかった。帰りがけに保護者から「今日あたり、又兵衛桜というか、この辺では本郷の瀧桜と呼んでますけど、満開になっとると言うさかい、先生、ちょっと見て帰らはったらどうですか」と言われた。

又兵衛桜という名前にぐっと摑まれるものがあった。後藤又兵衛、岩見重太郎、荒木又右衛門などという豪傑の名前が心に郷愁のようなさざ波を立てた。彼らは、少年の頃、夢中になった遊びのベッタンという一種のカードの図柄の豪傑たちであった。地面に置かれた相手のベッタンのかすかな隙間を狙って、そこへ自分のベッタンを叩きつけ、風を起こして裏返すと、相手のベッタンが自分のものになるという遊びである。相手に取られたくないベッタンの裏には蠟を塗ったりして強度を増したものである。後藤又兵衛のベッタンには蠟を垂らして、さらに強度を高めた。

その豪傑の名にし負う桜。もう四十数年も前のことである。現在のように観光公園として整備などされておらず、田んぼの向こうの崩れかかった石垣の端にある枝垂れ桜が、簡易な裸電球灯に照らされていた。枝垂れた枝を自分の根元より下まで垂らして咲いている花は、瀧のように、どどど、どどどどと疲れきった心に聖なる時間を降りそそいでくれていた。

長らく忘れていた私のなかの歌の蕾がほんの少しほころんだように思われた。われ知らず、田んぼを横切って枝垂れ桜に近寄ろうとした。朝からの雨で田んぼはぬかるんでおり、泥田のなかに革靴がめりこんだ。しまったと思ったが、もう遅い。そのままずぼずぼと田んぼを横切って、桜の真下から花を見上げて、しばらく佇んでいた。帰りのバスには泥靴と靴下を脱ぎ、裸足で乗った。なぜ又兵衛桜なんだろうという思いがバスに揺られていた。

又兵衛桜は樹齢三百年と言われる枝垂れ桜で、元和元年（一六一五）の大阪夏の陣で活躍した戦国武将後藤基次（又兵衛）にちなんだものと言われている。豊臣家没落後、又兵衛は生き延びて大宇陀にのがれたという。大宇陀は、天正十三年（一五八五）、豊臣秀長の入部に伴い、豊臣系の武将によって宇陀松山城の城下町として整備された町で、その頃もまだ親豊臣のエートスは濃く残っていたのであろう。その大宇陀で暮らし、豊臣再興の時期を待っていた又兵衛の屋敷跡に残されたのがこの桜だと伝える。これは一種の落人伝説である。

又兵衛の最期はいくつかの小説に描かれているが、ここでは司馬遼太郎の小説『城塞』に鮮やかに描かれた又兵衛の最期を引用する。大阪国分村の近くの小松山の合戦で、又兵衛は伊達軍の鉄砲隊に射殺されて壮絶な死を遂げる。

又兵衛は、声が出ない。手を揮《ふる》い、手まねをして、首をおとせ、と告げ、さらに首をうずめよ、と手まねした。金馬《こんま》（平右衛門──引用者註）は、やむなく又兵衛に謝し、背後にまわって一刀で首をおとした。

（司馬遼太郎『城塞』）

しかし生き延びたという伝説が残るほど、後藤又兵衛は愚直で愛すべき人物であったのだろう。岸和田の山車《だんじり》のひとつには、又兵衛が徳川家康を槍で討ち殺《と》るシーンが彫られていると聞く。

この又兵衛桜が一躍有名になったのは、平成十二年（二〇〇〇）のNHK大河ドラマ「葵　徳川三代」のオープニングに使用されたためである。その時には、もう又兵衛桜の背景に桃の花をあしらって公園として整備されていたのである。その頃、又兵衛桜を詠んだ腰折れがある。

満月のひかりにそよぎ瀧となる枝垂桜の時間に打たる
萩岡良博『木強』

歌の蕾が開くまで、木強よろしく随分と時間がかかった。今年、平成二十七年（二〇一五）も見頃を迎えた又兵衛桜を撮さんと群がっている素人写真家たちに、邪魔だと言われながら、時間の瀧に打たれてしばらく佇んでいた。

又兵衛桜を詠んだ、あるいは詠んだと思われる二首を引いておく。

みしみしと花の重さに撓む枝　又兵衛桜石垣の端
永田和宏（「短歌研究」二〇一四年五月号）

豪傑の名のある桜のかたはらに桃色づくしの吊り提灯あり
乾醇子『ほどよき形』

## 誰かまた花をたづねて

いまさら私ごときが「西行」を、という思いがないわけではない。あまりにも多くの人によって語られている「二五〇首にあまれる」(十鳥敏夫『西行の花』)西行の桜の歌は素通りしようと思っていたが、年ごとに心の空に西行の桜の歌が花醍醐のように湧きあがってくるのである。とくに職を退いてからというもの、春が立ち、きさらぎの空が目に見えて明るくなってくると、しきりに吉野の山が思われる。

なにとなく春になりぬと聞《き》く日より心にかゝるみ吉野《よしの》の山《やま》　　西行『山家集』(一〇六二)

何のたくらみもないこんな歌が何日も妙に「心にかゝ」って、桜咲く春が近づいてくる。宇陀から望む空の冥府なす大峰連峰の空がぼーっとかすみはじめると、八〇〇余年の時空がぎゅっと縮まり、西行の桜の歌が心を占めはじめる。

よしの山こずゑのそらのかすむにてさくらのえだもはるしりぬ覧　　同『聞書集』

かと思うと、奈良ではお水取り（修二会）の行事がすむまで春が来ないと言われているように、沫雪が降り、寒の戻りの日々が続くことがある。

吉野山さくらが枝に雪ちりて花おそげなる年にもあるかな　　同『新古今和歌集』

この西行の歌について、前登志夫は次のように言っている。

苦悩の歌びと西行は、この歌では、もはや詠み人知らずの境地に至りついている。わたしの村の木樵の作った歌であるといってもよろしく、茶店のおばあさんの落書きであってもかまわないのである。

（前登志夫「花おそげなる」『存在の秋』）

このように西行の桜の歌とともにふくらんでゆく思いを携えて、平成二十七年（二〇一五）の桜の吉野山を訪ねてみたい。以前、「花信」というエッセイで、下千本、中千本そして上千本の花矢倉から水分神社を訪ねたときのことを書いたので、ここでは水分神社から西行庵まで脚を延ばすことにする。

群衆に交じって、花矢倉から金峯山寺蔵王堂へと向かって馬の背の鬣《たてがみ》のようにのびている山桜を眺めていると、上千本の花盛《さか》るしたよぎりゆき黒き檜山《ひやま》に入りてさびしむ　　前登志夫『鳥獣蟲魚』

という一首が浮かんでくる。人に、そして花に酔ったのである。「黒き檜山」はその酔いを醒ます詩魂の棲家である。

その花矢倉から水分神社へ。楼門の敷居をまたぐと、

嘆かへば嬰児《あかご》の襦袢ひつそりと積まれてゐたり花ちかき日に　　同『靈異記』

と前登志夫が詠んだ「嬰児《あかご》の襦袢」が目に入ってくる。「みくまり」が「みこもり」に転訛し、「み」が落ちて、「こもり」になったという。この神社への父母の祈りによって本居宣長が生まれたことは広く知られている（『菅笠日記』）。付近の小聚落を子守と呼ぶ。

中庭の枝垂れ桜に荘厳された桃山様式の三つの本殿をほうと見上げている西行像とともに、桜に目を遊ばせながら、毎年、思案する。西行庵まで脚を延ばすかどうか。ここまで来て庵を訪ねぬ法はあるまいと脚が応える。

吉野《よし》山こずゑの花を見し日より心は身にも添はず成《なり》にき　　西行『山家集』（六六）

たづねゆくをごしに花の梢見ていそぐこころをさきにたてつる　　同（松尾本）

奥千本への坂道を登りながら考えていた。このように花に浮かれ出る境地を得た西行の出家の動機について。この謎については、繰り返し繰り返し語られてきたが、五つぐらいの説に絞れるだろうか。

①『源平盛衰記』の記述に拠る、やんごとなき上臈（待賢門院藤原璋子）への悲恋説。
②同じ北面の武士として仕えていた佐藤憲康が一夜にして他界した無常説。
③左大臣藤原頼長の日記『台記《たいき》』に拠る、若き頃よりの仏道への帰依説。
④前登志夫が常々言っていたことだが、隠遁者に憧れる数奇《すき》への傾斜説。
⑤出家という時代のエートスとしての「内面を訪れた事件」説（吉本隆明『西行論』）。

①〜④を踏まえて書かれたと思われる辻邦生の小説『西行花伝』は、勤めがあるにもかかわらず夜を徹して魘されるように読んだ憶えがある。しかし、この小説で美しく描かれる若き佐藤義清《のりきよ》（西行）と璋子の恋にも、白洲正子はその『西行』で、璋子は十三歳の頃から白河法皇に恋の手ほどきを受けた「不良少女《アンファン・テリーブル》」（ルビはジャン・コクトーの「恐るべき子供たち」の意）であったと、シニカルな目を向けている。うぶな若き佐藤義清を籠絡することなど容易いことだっただろうと。

『西行花伝』では、一首目の「心は身にも添はず成にき」の歌は、

花になること――花に変成《へんじよう》すること――それでいいのだ、と思った。花になり、森羅万象《いきとしいけるもの》の生

命を白い花びらの一片一片に生きて、永遠《とこしなえ》に溶けてゆくこと。

と、浮かれ出る心と花が合体する「恍惚《よろこび》」として解釈されていた。この小説では、「森羅万象《いきとしいけるもの》」「永遠《とこしなえ》」「恍惚《よろこび》」のようにルビは大和ことばで振られていたが、それも文章に優雅さを醸し出していた。

あくがるゝ心《こころ》はさても山桜《やまざくら》ちりなん後《のち》やみにかへるべき　西行『山家集』（六七）

心と桜が照応し、共鳴し、共振して、心が桜の花にたわむれ、はらはらと散った桜が心に舞いこむ。その世界こそ、前登志夫の言う数奇なのである。数奇とは、好《よ》き世界であり、奇《くす》き世界であり、森羅万象のいのちの充満した世界である。その世界への「あくがるゝ心」を前登志夫は西行の心の深層に見ていた。

そのような心を深層に持つ二十三歳の西行が、その時代の前衛思想であった「出家」を「思想的な実践の問題へと転化」させるのに、「いつの時代でも、さしたる個人的な動機が必要なわけではない」と吉本隆明は言う。十九世紀後半を生きたアルチュール・ランボーがパリコミューンに加わらんとパリに向かったように。それから百年後の一九七〇年前後の青年たちが世界同時革命の思想に憑かれて学を棄てたように。

そして、「真の出家」とは、「この我という家を出、我執という家居を脱却することなのだ」と

『西行花伝』の西行は語っている。

吉野山険しき道は西行のうつしみ踏めるここちこそすれ　水原紫苑『あかるたへ』

たしかに、西行の桜の歌を呟き、西行の歌の心を尋ねながら登っていく「険しき道」は、「西行のうつしみ踏めるここち」がする。西行庵への「険しき道」の途中に金峯神社がある。平成十三年（二〇〇一）に失火か付け火かわからないが火事に遭って、長らく哀れな状態であったが、今では再建されて多くの人の休憩所となっている。ここのトイレも女性の長蛇の列、中には男子トイレを拝借に来る一団もいて、男性は小動物のように用を足している。ここから、もうひと坂で西行庵である。

誰《たれ》かまた花をたづねて吉野《よしの》山こけふみわくる岩《いは》つたふらん　西行『山家集』（五七）
いざ心花をたづぬといひなしてよし野のおくへふかくいりなむ　同（松尾本）

坂を登りながら、西行の心の奥へと至る道の険しさを思う。「よし野のおく」は、歴史の奥であり、花鳥の奥、心の奥である。「いざ心」と友に呼びかけるような西行の歌は、自分の心の中へ、その心で捉える「もの」の中へ、未知の境地へと身体ごと「ふかくいりなむ」とする衝きあげてくる思いを詠む。

浮《うか》れ出《い》づる心は身にも叶《かな》はねば如何《いか》なりとても如何にかはせん　　同『山家集』（九一二）

この心はまた「浮《うか》れ出《い》づる心」である。「ふかくいりなむ」と決意しながらも、なお「浮れ出づる心」はどうしようもなく、そのどうしようもなさを、西行は歌によって凝視する。ぶ厚い無意識の世界へ踏み入る覚悟であろう。

登りきると、足を滑らせれば大怪我をするような急な坂を下って、ようやく西行庵に到着する。西行庵の前の桜は、まだ三、四分咲きというところ。そして、その向こうには、庵の前の山の樹林はすっかり伐採されてしまって、なんともあっけらかんとした見知らぬ風景が広がっているのである。「よしの山こぞのしをりのみちかへてまだみぬかたのはなをたづねん」（『聞書集』）と詠われた「こぞのしをり」をしのぶ縁《よすが》などもはやどこにもない。

西上人《さいしやうにん》の草の庵《いほり》の跡は、奥の院より右の方《かた》二町計《ばかり》わけ入《いる》ほど、柴人《しばびと》のかよふ道のみわづかに有《あり》て、さがしき谷をへだてたる、いとたふとし。彼《かの》とく〳〵の清水《しみづ》はむかしにかハらずとみえて、今もとく〳〵と雫落《しづくおち》ける。

（松尾芭蕉『野ざらし紀行』）

西行庵から百メートルほどのところにある「とく〳〵の水」に、浮世のけがれをすすいだ芭蕉をしのびつつ、喉を潤して吉野駅へと帰りを急ぐ。下り坂ばかり。昏れなずむ蔵王堂のそばを過ぎるとき、蔵王堂の敷地に建立された前登志夫の歌碑が思われた。

さくら咲くゆふべの空のみづいろのくらくなるまで人をおもへり　前登志夫『青童子』

やはり、この「人」は西行でなければならないだろう。そう思いつつ、下千本の七曲坂を下っているとき、この時季に蔵王堂で特別開帳されている三体の蔵王権現が、コズミックダンスの右足を踏み下ろした振動が伝わったかのように、桜吹雪が「みづいろのゆふべの空」にいっせいに舞い上がった。

（注）『山家集』の引用歌及び通し番号は、「日本古典文學大系」29（岩波書店）『山家集・金塊和歌集』に拠る。

# あはれ花びらながれ

山本登志枝歌集『水の音する』所収の次の一首が心にとまった。

花びらをすくひては散らし楽しいか幼子にあはれ花びら流れ　山本登志枝『水の音する』

すっかり散ってしまったわけではないが、桜の散る季節、地面に散り敷く桜の花びらを掬ってはばら撒く動作を、桜の木になったかのように、何遍も飽きずに繰り返す幼子。「楽しいか」と心で呼びかけながら、そんな幼子の動作を見守っている作者。そんなとき、記憶の底から「あはれ花びら流れ」という三好達治の詩「甃のうへ」の冒頭の詩句が、作者の脳裡にすーっと流れたのであろう、幼子という幸せな短い時間への祈りを曳いて。三好達治詩集『測量船』より「甃のうへ」を抽く。

あはれ花びらながれ
をみなごに　花びらながれ

をみなごしめやかに語らひあゆみ
うららかの跫音《あしおと》空に流れ
をりふしに瞳《ひとみ》をあげて
翳《かげ》りなきみ寺の春をすぎゆくなり
み寺の甍《いらか》みどりにうるほひ
廂《ひさし》々に
風鐸《ふうたく》のすがたしづかなれば
ひとりなる
わが身の影をあゆまする甃《いし》のうへ

（三好達治「甃のうへ」）

連用形によって繋がれていく流れるようなリズミカルなしらべは、抒情の毒をたっぷりとたたえている。この抒情の毒にとっぷりと漬ったのは高校一年生のときであった。

運の悪いことに男女の比率が二対一の学年であったので、私が属したのは男子ばかりの学級であった。そして、三年間、運が悪かった。

最初の国語の授業。チャイムは鳴っていたが、休み時間の余韻を曳いて、先生が来るまで、まだワイワイと騒いでいた。少し前から、教室の前入り口のところに、着物姿に上っぱりを羽織ったほっそりとした小母さんが立っているのは目に入っていたが、参観の保護者か誰かだと思っていて、お喋りがやむことはなかった。「いつまで喋ってるの」と小母さんにぴしゃりと叱られた。

着物姿の先生は、クラスの全員が初めてだったようで、驚きの沈黙が一瞬に広がった。それがO先生であった。

O先生の授業では、詩はすべて暗唱させられ、教壇に立って発表させられた。百人一首や近現代短歌は言うに及ばず、漢文までも暗唱させられた。そのときに憶えた藤村も犀星も朔太郎も、そして、この達治の詩も、今でもふとしたときに断片が口をついて出てくることがある。「いかんぞ　いかんぞ思惟をかへさん」（萩原朔太郎「小出新道」『純情小曲集』）などと。こうして抒情の毒だけでなく、やがて文学の毒に冒されて勉学をおろそかに過ごした三年間であった。

余談が長くなった。「甃《いし》のうへ」の「をみなご」は、「しめやかに語らひあゆみ」だから女学生だろうか、編上靴の跫音がまなかいを流れる花びらの向こうの空へと吸われていくのだから。しかし、山本登志枝が詠んだ「幼子」にある種のなつかしい既視感がつきまとうのは、「甃のうへ」の本歌となった室生犀星の「春の寺」（『青き魚を釣る人』）の一節「をとめらひそやかに／ちちははのなすことをして遊ぶなり」（傍点は引用者）のままごと遊びが記憶の底に揺れていたからだろう。

犀星の「春の寺」の明るく牧歌的な抒情に、達治は近代人の憂愁を加えた。花びらが流れ、処女たちの跫音が空に流れる季節の明るさのゆえに、甃《いしだたみ》の上には「ひとりなる／わが身の影」が長々と伸びるのである。これは「かなしみは明るさのゆゑにきたりけり一本の樹の翳らひにけり」（『子午線の繭』）と詠った前登志夫の現代人の自意識の翳りへと引き継がれていく抒情でもあるだろう。そんな近代人の憂愁や現代人の自意識の翳りではなく、「甃のうへ」の前半部のリズミカルに流れるしらべを短歌に引き継いだのは、永井陽子ではなかっただろうか。

あはれしづかな東洋の春ガリレオの望遠鏡にはなびらながれ　永井陽子『ふしぎな楽器』

ガリレオは、四百年も前に自作の光学望遠鏡で月の凹凸や土星の環を見つけたが、そのガリレオの望遠鏡に「しづかな東洋の春」の桜の花びらが映りこむ。達治の「あはれ花びらながれ」が分断され、「あはれ」と「花びらながれ」の間に、東洋と西洋が混じり合い、現在と過去が交錯し、そして詩と短歌が響き合う。そんな大きな時空がしらべに乗って一首から流れ出ている。

最近、アメリカの研究チームが、地球に到達するのに十三億年かかったという重力波の観測に成功したと報じられた。重力波は、電磁波さえ呑みこむブラックホールも観測できるという。しかし、そんな私の理解をはるかに超える望遠鏡が作られている現代にあっても、東洋の春には、変わることなく、桜の花びらは重力波望遠鏡にも静かに流れているように思わせる一首である。

永井には、桜の花は、「散る」というよりも「流れる」という意識がつよく働いていたようだ。

逝く父をとほくおもへる耳底にさくらながれてながれてやまぬ　永井陽子『なよたけ拾遺』

天空をながるるさくら春十五夜世界はいまなんと大きな時計　同『樟の木のうた』

はなびらが空にながるる季となればおもふ岩屋の山椒魚を　同『てまり唄』

枕辺へながれてきたるはなびらをちひさな春のつばさとおもふ
同『小さなヴァイオリンが欲しくて』

歌集『ふしぎな楽器』に収められたエッセイ「クラリネット協奏曲イ短調K六二二」で、このモーツアルトの最後の協奏曲は、「思想や主題や、人間が持つあらゆる歓喜や憎悪をつきぬけて、音の流れである」と書く。一首目の耳底に流れていたものは、「ながれてやまぬ」桜の「音の流れ」となって消息を伝えてくる父への思慕であろう。

別のエッセイ「秋の章」では、若く自死したKのことを語りながら、「胸につかえた棒とはうらはらに、もっとなさけ容赦もなく淡々と流れていく時間がある。生きている者のみに流れる、あらがえぬ歳月がある」と書いていた。永井にとって、「流れ」は音であり、時間である。二首目の「大きな時計」となった世界にも、三首目の井伏鱒二の「岩屋の山椒魚」にも、四首目の枕辺の小さな「春のつばさ」にも、「あらがえぬ」大きな時間が天空を音をたてて流れている。

しかし、それぞれの歌は詠もうとして詠んだのではなく、歌が唇に流れてきたように詠まれていて、「あらがえぬ」時間に身を委ねたしらべは軽やかである。永井の「あはれ」は、時空に身をまかせ、流れていく意識であろう。永井は、「ガリレオの望遠鏡」で、私たちが生まれた宇宙の流れを溯り、私たちが還っていく永遠の流れを見つめていたのではないだろうか。

解剖学者のジル・ボルト・テイラーは、ハーバード医学校の第一線で活躍していたが、三十七歳の時に脳卒中に襲われ、左脳機能（言語中枢と脳内時計の機能）を失った。その時の経験を『奇跡の脳』（竹内薫訳）で次のように書いている。

わたしは流れている！（略）自分が何兆個もの細胞や何十キロの水でできていることは、からだが知っているのです。つまるところ、わたしたちの全ては、常に流動している存在なのです。

左脳は自分自身を、他から分離された固体として認知するように訓練されています。今ではその堅苦しい回路から開放され、私の右脳は永遠の流れへの結びつきを楽しんでいました。もう孤独ではなく、淋しくもない。魂は宇宙と同じように大きく、そして無限の海のなかで歓喜に心を踊らせていました。

永井陽子も、歌を詠むことによって、音の流れとしてのしらべに乗り、花びらとともに流れて、ジルと同じような右脳が感じる「永遠の流れへの結びつき」を見いだしていたにちがいない。

永遠は歌となって静かに流れる。

# 花の深さ

父が死んだ。

昨平成二十七年（二〇一五）十二月中頃の夜、にわかに体調を崩し、意識混濁して救急車で搬送された。集中治療室で治療を受け、いったん持ち直したと見えたのも束の間、今年の一月五日に還らぬ人となった。行年九十三歳。

行年に不足はないが、ぼんやり息子はあわてた。父は年々弱ってきていたし、仏を出したことのない家なので、少しは覚悟があってもいいはずなのに、煩わしいことは後回しにしてきていて、父亡きあとの始末についてはほとんど何も聞いていなかった。葬儀に関わることも、死後の手続きなども、皆目わからぬ。

父を偲んでいるいとまなどなく、葬儀場、お寺、市役所（諸手続きに必要な書類の中に、曾祖父からの私のルーツが記載されている原《はら》戸籍というものがあるのを初めて知った）、病院（支払い等）、家庭裁判所（簡易な自筆遺言書があった）、ケアハウス（要介護4の認知症の母も相続人なので）、銀行、郵便局、年金事務所、法務局（各所で名義人書替え）、石材店等へと毎日ほど脚を運んだ。一人を送るというのは、こんなに大変なことなのかと思い知らされた。そして二月下句に満中陰を迎えた。
三月は茫々と過ぎ、月末には桜の花が咲きはじめた。桜の花を見ると、次の一首がしきりに思われた。

桜狂ひなりし亡き父わがまなこ貸して今年の桜花を見せむ　　稲葉京子『しろがねの笙』

私の父は稲葉の父ほど「桜狂ひ」ではなかったが、桜が咲く頃になると、父が小学校に通っていた頃にもあったという、今は廃校となった小学校校庭跡の一本桜の消息を聞きたがった。わざわざ見に行こうとはしなかったが……。その古木は今年も満開の花を咲かせた。父に見せるように、又兵衛桜や仏隆寺の千年桜など、宇陀の桜を見て歩いた。
四月十日過ぎには吉野山へ脚をのばした。「歌壇」平成二十六年(二〇一四)七月号に発表された吉川宏志の「谷の花」五十首を携えて(この一連はのちに歌集『鳥の見しもの』に収められた)。

吉野山の深さは花の深さにてあゆめどもあゆめども襞《ひだ》の中なり　　吉川宏志「谷の花」

今年も訪れるのが少し遅かったようで、七曲坂の桜はすでに葉桜となっているものもある。中千本、上千本へと登っていくと、「吉野山の深さは花の深さ」だと実感させられる。下句の「あゆめどもあゆめども」の字余りからは、急坂を登っていく息づかいも聞こえてくるが、結句の

「襞の中なり」という断定には、その歩みを俯瞰しているような趣きがあって、はっとさせられる。俯瞰すると、桜の間を縫う坂道は「襞」に見えるのである。

「わがまなこ貸して」よりも、亡き父のまなこを借りて吉野山の桜を見下ろしているような感じがある。かつて吉川がその評論集『風景と実感』で言っていたように、「鳥瞰するように地形を認識しようとする歌といえる」だろう。この「襞」という表現には、「吉野山の深さは花の深さ」だと認識した心の襞が見えるようだし、他界からの目差しの深さを感じさせる。

**花を見る幾万人を載せながら吉野の山は大きかたむき**　（同）

たしかに七曲坂を登りきってロープウェイの到着駅辺りに来ると、露店が並び、道は幾万人もの群衆でごったがえしている。その群衆を呑みこんで、中千本、上千本へと続いていく坂道を思うと、「吉野の山は大きかたむき」が実感される。花見の群衆を載せているからこそ坂道は傾いているのではないか。しかし、この花見の群衆に前登志夫は好意的な目をそそいでいた。

さくらは、日本人の深奥のパトスを象徴する花であった。今も吉野山のさくらを見ようとしてやってくる多くの行楽客をみていると、それらの無意識の群衆の一人一人が、ふと、おのれの魂をさくらの梢に訪ね歩いているのではあるまいかと思えてくる。

（前登志夫「修験と花」『存在の秋』）

この一節を思い出しながら、群衆の流れに逆らわぬように歩いていると、梢を離れた花びらが風に乗って流れていく。

ふるえつつ木から飛びゆく花びらのすべての中の一つ見ており　（同）

光を曳きつつ散りゆく花びらの一つに亡き父の魂を見た気がした。金峯山寺蔵王堂辺りから道は平らになる。

山道のひらたくなれば店のあり桜せんべいぱしぱし食べる　（同）
靴袋さげつつ歩む寺のなか指まろめいる観音はあり　（同）

ぱしぱしと「桜せんべい」を食べながら行くもよし、春季と秋季に蔵王堂で特別開帳となる秘仏の本尊蔵王権現を拝むのもよしであるが、吉川は「指まろめいる観音」に目をとめた。これは絹本著色千手千眼観音像と思われるが、吉川らしい目のつけどころである。

源義経ゆかりの吉水院（吉水神社）から上千本にある水分《みくまり》神社を見上げる「一目千本」という桜の眺めを堪能し、なお群衆に押されて行くと、喉の渇きと空腹を覚える。その人混みから押し出されるようにして、勝手神社の境内で休息をとる。この神社は義経の無事を祈って静《しず》御前が舞を捧げたという神社である。そこに釋迢空の歌碑がある。

吉野やまさくらさく日にまうで来てかなしむ心人しらめやも

釋迢空「短歌拾遺」

中千本、上千本そして奥千本へと登って行く前に、腹ごしらえをしながら、下句の「かなしむ心」に思いを馳せる。この一首は、迢空のどの歌集にも収められておらず、『折口信夫全集25』の「短歌拾遺」(制作年代未詳)の一首として収められている。それゆえ、いかようにも読める。満開の桜の花を見ながら、「たゝかひに果てし我が子」である養子春洋を思い、老いゆくわが身と「国やぶれて」すさみゆく日本の心を思ったかもしれない。そしてそんな「かなしむ心」の奥底には、「吉野やま」という歌枕にこめられた西行や芭蕉の詩心を継承せんとする悲愴なまでの覚悟はなかったか。

あと三十回くらいか春に遇えるのは　桜のなかに身体《からだ》を入れつ

吉川宏志『鳥の見しもの』

このとき、吉川は四十六歳。「あと三十回くらいか」は、おおよその寿命の見当である。下句は満開の桜の花を見ながら、中千本から上千本へと坂を登って行く自らの情況を「桜のなかに身《から》体《だ》を入れつ」と詠んでいるが、「風景が自分の身体を感じさせる」という『風景と実感』の言葉が、ふと、花びらのように光を曳いてよぎった。十年ほど前に書かれた風景論が、着実に歌において果たされつつあるようだ。

このあとに、「歌壇」発表時には、その年の二月に急逝した小高賢に捧げた挽歌「小高賢ついに見ざりしこの桜わが目を借りて眺めてあれよ」などの三首が詠まれていたが、歌集『鳥の見しもの』には収録されていない。先に引いた稲葉の「わがまなこ貸して」の歌が思い起こされたのかもしれない。

西行の木像にあまた供えられし銅貨にまじる桜はなびら　（同）

吉水院から仰いだ上千本の水分神社にある西行像を詠む。吉川は西行好きであろう。『西行の肺』という題の歌集もある。その中に「読みながら息はしずかに合いてゆく西行の肺大きかりけむ」という一首があった。この一首には吉川の歌の読み方が示唆されている。「短歌を読むのは特に身体的な行為であるらしい」と言い、それを敷衍して、「短歌を読むということは、書かれた記号から作者の生《なま》の「声」を聴き取るという超越的な行為なのである」と言っていた（『風景と実感』）。西行の歌を読んでいて、武士由来の肉体的な肺の大きさだけでなく、声調《しらべ》の豊かさを実感したと言うのであろう。引用の西行像の歌は、「銅貨」と「桜はなびら」に見る俗と聖に、西行の俗にまみれつつも聖なる境地を目指した生涯を重ねているのかもしれない。

花びらは土に還りて黒ぐろと千年前の花を踏みたり　　（同）

何度も引用している吉川の評論集『風景と実感』の大きなテーマは「実感」（＝なまなましさ＝リアリティ）である。正岡子規の「ガラス戸のくもり拭へばあきらかに寝ながら見ゆる山吹の花」（明治三十四年〔1901〕）を引きながら、次のように言う。

ガラス戸の向こうに見える山吹は、逆に病のために「寝ながら」生きるしかない子規の身体を浮かび上がらせる。子規の歌にある「実感」というほかはない、生身《なまみ》の感じ。それは自分の身体と、外界との深い交わりから生まれてきたものだったのである。

吉川のこの一首には、「花びら」が散り、やがて土に還るという循環を千年という歳月のパースペクティヴでとらえた奥行きと実感がある。吉野の奥は時間の奥行きでもあることが、踏みしめて行く黒土によってなまなましく実感されている。

その黒土を踏みながら奥千本の西行庵まで行ったらしい。その西行庵の横手の道を二百歩ほど行ったところに、芭蕉が「露とく〱心《こころ》みに浮世《うきよ》すゝがばや」（『野ざらし紀行』）と詠んだ苔清水がある。庵棲みの西行の命の水であっただろう。今も、とくとくと湧き出ている。

てのひらに窪みつくりて西行の飲みたる水を我も飲みおり　　吉川宏志「谷の花」

かつては西行の歌を「読みながら息」をしずかに合わせたが、吉野山に登ってきて、今は西行と命の水を分け合ったと詠む。西行の歌にこもる生《なま》の命を実感しただろうか。

吉野より帰り帰り来たりし身のうちに白き桜はまだ茂りおり　（同）

帰り来ても、なおしずかな余熱のように「身のうちに」咲きしげる「白き桜」、この桜は長く吉川の魂の梢に咲いていたことだろう。このように吉川とともに花の吉野山を訪ねて、亡き父には、私の目だけではなく魂を通して、吉野山の桜を見せることができただろうか。

【追記】吉川宏志歌集『鳥の見しもの』（本阿弥書店）は、平成二十八年（二〇一六）八月一日発行なので、四月に吉野山を訪れたときは、文中にも書いたように歌誌「歌壇」を携えていた。

# ぽあんぽあんと

四月の下旬頃、遅咲きの山桜が四囲の山々に、奥手の少女の乳房のようにぽあんぽあんと咲き出す。すると、宇陀山中《さんちゅう》と呼ばれるわたしの産土《うぶすな》の田に水が張られ、田植えが始まる。これは大和国中《くんなか》よりも一ヶ月も早い。

その頃には田圃の近くに立つ山桜の古木もようやく咲き出し、四月はじめのソメイヨシノの華やぎとは違って、若葉がそよぐなかに曼荼羅の大日如来のように悠然と枝の花をそよがす。水の張られた田の面に映えて美しい。

「桜の花は農事の前兆と考へられ、人間生活のさきぶれだとも思はれてゐた」(「花物語」『折口信夫全集17』、傍点は原文)と折口信夫が言ったように、かつてはこの山桜の古木が咲く頃を田植えの目安にしていたと思うが、兼業農家が多くなったせいか、どうもこの頃はゴールデンウィークを田植えの時期にしているようだ。そして「農事の前兆」を占う桜の存在はすっかり忘れ去られてしまったのか、とうとうこの山桜の古木は伐り倒されてしまった。退職したらゆっくりと眺めようと思っていた矢先の数年前のことである。

しかし、田植えの頃の四囲の山々に、ぽあんぽあんと山桜が咲いている光景はいまも変わることはない。あんな山の高くに咲いているのは、マッチ棒の軸先の頭薬のような小さな山桜の実を食べて、鳥が運んだのだろうか。

　　ぽわぽわとたましひほどのさくらばな模様ながめの空に流れて

永井陽子『樟の木のうた』

みどりの風と光の中をこんな歌をつぶやきながら歩くのは実に気持ちがいい。「ぽわぽわと」は、桜の花びらが散って「たましひ」のようにひかりながら流れていく擬態語であるが、わたしの産土の山桜はぽあんぽあんと山の緑の中に灯っている。この時季だけ、一瞬、山のたましいを見せるかのように。

そのような山桜が咲いている産土の山の額井《ぬかい》岳の山裾は東海自然歩道になっている。その道をゆっくり歩いていくと、やがて山部赤人の墓と伝承されている五輪の石塔に至る。塔の横の説明板にはこうある。

『万葉集』に数多くの秀歌を残した歌人山辺《ママ》赤人の墓地と伝承されている。（略）ここ大和富士の南斜面に人家の散在する文字通りの山辺の村に、山辺赤人が葬られていると、古くから村人は信じて疑わない。

大和富士というのは額井岳の別名であり、それが赤人の富士の歌「田子の浦ゆうち出でてみれば真白にぞ富士の高嶺に雪は降りける」（巻三・三一八）を呼び出し、山辺という字名《あざな》が赤人と結びついたのだろう。そして、いつ頃かわからないが、赤人の墓としてもう苔むしているこの石塔が建立されたのであろう。この説明板のすぐ傍には、前川佐美雄が主宰した「日本歌人」に所属していた地元の歌人の三浦真木夫が揮毫した赤人の万葉歌碑が建っている。

あしびきの山谷越えて野づかさに今は鳴くらむ鶯の声

山部赤人『万葉集』（巻一七・三九一五）

自宅から四十分足らずの散歩で来ることができるので、この歌碑と石塔のある「野づかさ」によく来る。というか、歌を詠んだり、文を書くのに行き詰まったときにはここにやってきて、山辺の村人と同じように赤人の墓と「信じて疑わ」ず、わりと真剣に赤人の詩魂を吹きこんでくれと祈る。そして、顔を上げて東の方を見ると、弘法大師空海が開いた戒長寺が小さく見える。その寺の背後の山にも山桜がぽあんぽあんと咲いていて、あの歌碑と同じ「あしひきの」で始まる赤人の桜の歌が思い出されたりする。

あしひきの山桜花日並《ひな》べて斯《か》く咲きたらばいと恋ひめやも

（同）（巻八・一四二五）

「山桜がいく日もこのように咲くんだったら、こんなにも恋こがれたりするだろうか、すぐに散ってしまうんだからもう。」この桜の花のはかなさを詠む一首には、千年を超えて今も詠みつがれている抒情の流れの一端が見てとれる。たとえばこの歌は、

桜花時は過ぎねど見る人の恋の盛りを今し散るらむ　『万葉集』（巻八・一八五五）

世の中にたえて桜のなかりせば春の心はのどけからまし　在原業平『古今和歌集』

咲き急ぎ散りいそぐ花を見てあればあやまちすらもひたすらなりし　藤井常世『草のたてがみ』

のような歌と、時空を超えてひびき合っているだろう。

『万葉集』には、四千五百首の一パーセント弱しか桜は詠まれていないと言われているが、すでに、

①桜に豊穣の吉凶を占い、
②花の美しさと落花のはかなさに美を思い、
③散る花に死を想う、

という現代短歌にまでつづく大方の抒情は詠まれているのではないか。

桜に豊穣を祈る思いは、風を鎮めて花が散るのを守る女神であった『古事記』の「木花之佐久夜毘売《このはなのさくやびめ》」にその源流を、そして桜の美へのオマージュは『日本書紀』の第十九代允恭《いんぎょう》天皇と衣通《そとおり》

姫《ひめ》の恋のくだりにその源流を見ることができるだろう。衣通姫との恋が成就したときの御製。しかし、皇后の拒否にあって、恋ははかなく消える。

**花妙《くは》し桜の愛《め》で同愛《ことめ》でば早くは愛《め》でず我が愛《め》づる子ら**

『日本書紀』（巻一三）

この歌を評して、中西進は次のように言う。

同じ愛するなら早く愛すればよかったといって愛する時間の短さを歌うのに、花美しい桜のような愛をなぞらえているのも、桜が真にサクものであったことを知っていた古代人の直覚であったと思われる。しかも『日本書紀』はこの歌をもって天皇の衣通姫への愛を物語る。

（中西進「桜のこと」『詩心往還』）

引用した文の中で、中西はさりげなく桜の語源について触れている。「古代人の直覚」としての動詞「サク（咲く、裂く）」＋助詞「ら（語調を整え、親愛の情をこめる）」という説。助詞の「ら」は允恭天皇の歌の結句「我が愛づる子ら」にも使われている。

これとは別の語源説もある。

「桜《サクラ》」という言葉は「サ」と「クラ」があわさったものだという。「サ」は穀物（稲）の精霊、

「サツキ」や「サオトメ」の「サ」、「クラ」は神が座す場所、「イワクラ」の「クラ」。雪が消えて冬が終わり、穀物の精霊が最初に舞い降りてくる場所。それが「サクラ」だ。

（佐藤俊樹『桜が創った「日本」』）

豊穣を祈る花である桜という概念からは佐藤の言う「サ」＋「クラ」説が妥当かもしれないが、蕾を裂いていっせいに咲き出る桜の美しさに言葉を裂かれて、ただ佇むしかない私は、中西説を押したい気がする。いずれにせよ、この桜を愛でるＤＮＡはいまも私たちの血脈を滔々と流れている。

散る桜の花に死を観想する抒情は、『万葉集』の桜児伝説に始まるのだろう。

春さらば挿頭《かざし》にせむとわが思《も》ひし桜の花は散りにけるかも　『万葉集』（巻一六・三七八六）

「春になったら共に楽しもうと思っていた桜の花は散ってしまった」と嘆くこの歌は、二人の男性に結婚を申し込まれ、その二人が争うのを悲しんで縊死した桜児を偲んで詠まれたものである。これは、大伴家持の「秋さらば見つつ偲へと妹が植ゑし屋前《には》の石竹花《なでしこ》咲きにけるかも」（巻三―四六四）と、石竹花に亡き妻を偲ぶ心情へと引きつがれてゆく。

その家持が、任地越中での病の床で桜に託して詠んだ歌がある。

世間《よのなか》は数なきものか春花《はるはな》の散りの乱《まが》ひに死ぬべき思へば　　同（巻一七・三九六三）

この歌についても、中西進の評を引く。

まさに、死は春の花の「散りのまがひ」だったのである。「まがひ」ということばは、今日ではニセていどの意味しかないが、本来、そうとも見え、そうでないとも見えることである。時として生であり時として死である。視野にちらついて生と死の明暗する姿が、落花の姿であった。

（中西進「花の忌」『詩心往還』）

「落花の姿」が死の方に大きく傾いたのが、明治から太平洋戦争にかけての日本の桜であった。桜のDNAは伏流水のように突如として噴き出す。家持の長歌「陸奥国《みちのく》より金《くがね》を出せる詔書を賀《ほ》く歌」の一節「海行《ゆ》かば水《み》浸《づ》く屍《かばね》山行《ゆ》かば草《くさ》生《む》す屍大君《おほきみ》の辺《へ》にこそ死なめ顧《かへり》みはせじ」（巻一八—四〇九四）に曲がつけられ、戦意昂揚と散華した兵の鎮魂歌として利用されたことは忘れてはならない。

とりとめもないことを思いながら東海自然歩道を辿って行くと、赤人の墓から小さく見えていた戒長寺へ登る階段に着いた。その階段にはらはらと散りかかる桜を見ていると、花びらに混じって一首の歌が舞い落ちてきた。

いしきだを花舞ひあがる春の日に後の世のごとわれは遊びぬ　　前登志夫『樹下集』

「宇陀額井岳のふところに山部赤人の墓ありて。」という詞書をもつ、落花の頃に「宇陀戒長寺」に吟行して詠んだ前登志夫の一首である。

【追記】

文中に引用した『日本書紀』の一首、

花妙《くは》し桜の愛《め》で同愛《ことめ》でば早くは愛《め》でず我が愛《め》づる子ら　　『日本書紀』

については、中西進の読みを紹介したが、島田修三は『古歌そぞろ歩き』で次のように述べている。

「めで」「めでば」「めでず」「めづる」と「めづ」の多様な活用形がリズミカルに畳みかけられ、本来は允恭紀とは無縁の口誦歌謡だったのではないかと思わせる。初句、二句で切れる語法も歌謡の古格をうかがわせる。記紀歌謡の多くを古代和歌史の先蹤とする文学史観にしたがえば、これは歌の歴史でもっとも古い桜花讃美の歌ということになる。

そして、この歌は、「もっとも古い桜花讃美の歌」であるとともに、

よき人のよしとよく見てよしと言ひし吉野よく見よよき人よく見

天武天皇『万葉集』（巻一・二七）

から、

べくべからべくべかりべしべきべけれすずかけ並木来る鼓笛隊

永井陽子『樟の木のうた』

へと続く、畳みかけるようなリズミカルな歌の源流でもあると思う。

## 「みづがね伝承」

なにげない日常のふとしたことをきっかけにして忘れていた記憶がありありと蘇ることがあるように、なにげない風景として見ている土地も蔵《しま》っていた記憶をときどき蘇らせることがあるようだ。

私の産土の宇陀は、赤埴《あかばね》、血原《ちはら》、入谷《にゅうたに》（＝丹生谷）という地名をいまに残している。その名に残るように、宇陀の地のところどころでは赤土《あかつち》が露出している。子供の頃、雨上がりのそんな滑りやすい赤土の斜面で遊んでいて、尻に赤土をべっとりとつけて帰ってきて、よく母に叱られたものだ。

そんな赤土の露出が見られるところへ桜の花びらがしんしんと散っている光景を飽かずに眺めていたことがある。もう三十年以上も前になるだろうか。その時、ぐらりと記憶が揺れるのを覚えた。なおも、その記憶と赤土を埋め尽くして、しんしんと桜の花びらは散っていたが。

その記憶は小学校の頃の些細な出来事を揺さぶった。体温計を腋にはさんで熱を計っていて、なんの拍子か、体温計を落としてしまった。赤褐色の机の天板の上であったように思う。壊れた体温計から、水銀の玉がころころと滑るように走り出て、床の上に落ちた。そんな記憶がありありと蘇ってきた。そして、眼前の赤土を埋め尽くしている桜の花びらは、赤土に吸いこまれて水銀になるのではないか、という非科学的だが意識の深いところに実感を伴った幻想となって残った。

この幻想がある種の実感を伴っていたのは、『万葉集』や「記紀」の断片的な知識が影響していたかもしれない。

大和《やまと》の宇陀の真赤土《まはに》のさ丹付《につ》かばそこもか人《ひと》の我《わ》を言《こと》なさむ　『万葉集』（巻七・一三七六）

「宇陀の里の赤土が着物に付いたら、二人は恋仲だと人は私のことをあれこれ噂するだろう」というこの万葉歌や、「記紀」の神武東征に登場するエウカシ・オトウカシの伝説が土地の記憶として、散る桜の向こう側から反響していたのである。ちなみに、水銀研究の権威であった松田壽男は、この万葉歌の「真赤土《まはに》」は、水銀と硫黄の化合物（硫化水銀）であって、じつに美しい赤色をかもし出す朱砂（＝辰砂）であるから、「真赤土」ではなく「真赭《まそほ》」と訓むべきだと言っている（『丹生の研究』）。

私はかつて、このときの幻想を踏まえて次のように詠んだ。

散る花は月のひかりをふふみつつ赤土《はに》に朽ちなばみづがねとなれ　萩岡良博『空の系譜』

蔵われている土地の記憶は、韻律によって揺り動かさないと蘇らないのではないかという思いから、「記紀」の神武東征のエウカシ・オトウカシの伝説を踏まえて、第一歌集の『空の系譜』に「みづがね伝承」という一連二十七首を詠んだ。煩瑣になるが、その一連から十五首を抄出する。

榛原は拝原ならむ樹とわれの祈りひびかひ空にしたたる　（同）

たたら踏み炭を焃《おこ》しし墨坂の父祖《おや》らのこゑの満つる夕映え　（同）

　そこより踏み穿ち超えて、宇陀に幸でましき。かれ、宇陀の穿といふ。『古事記』

山穿《うか》ち真赤土《まはに》のなかに野を穿ちみづがね掘らむそのまろき粒　（同）

滲み出るはくるしき汗か銀粒か　ええしやごしや　ああしやごしや　（同）

みづがねの毒にたふれし宇陀びとを忘るるなゆめ宇陀の山河は　（同）

みほとけの黄金《きん》のはだへにひつそりといのりをひかむアマルガム法　（同）

　かれしかして、宇陀に兄宇迦斯、弟宇迦斯の二人あり。

葉擦れして樹々めざむらし黎明の空あかくあかく明けそめにけり　（同）

八咫烏《やたがらす》翔び来たり死か降伏かあかき咽喉《のみど》ゆ火のことば吐く　（同）

　ここに兄宇迦斯、鳴鏑もちてその使を待ち射返しき。

きりきりと梓弓《あづさゆみ》引けば鳴鏑《なりかぶら》たからかに鳴れ晩夏の空に　（同）

権力は未来よりくらく林立し伊那佐の山に盾並《たたな》め迫る　（同）

「わが兄、兄宇迦斯……殿を作り、その内に押機を張りて待ち取らむとす。」

兄の思ひ弟のおもひ擦れ違ひつつ秋となる水取《もひとり》伝説　（同）

おとうとの裏切りもまたうべなはむ野はいつせいに曼珠沙華炎ゆ　（同）

曼珠沙華炎え出づる野の新宮《にひみや》の押機《おし》に打たえて死にし兄宇迦斯　（同）

権力のむごさを死にて屍《しかばね》ゆ流れ出づる血は踝《つぶなぎ》を没《い》る　（同）

かれ、そこを宇陀の血原といふ。

兄宇迦斯の血原のなかに直立てる樹は血の樹液噴きつづくなり　（同）

六首目のアマルガム法というのは、「水銀5に対して錬金1の割合でアマルガム（引用者注—指先で変形させることができる柔軟な餅状のもの）をつくり、これを仏体の表面に塗る。そのあとで水銀を蒸発させてしまうと、純金が銅の肌にくいこむように、しっかり附着する」（松田壽男『古代の朱』）鍍金方法である。おそらく宇陀の水銀は東大寺大仏建立の際にも大量に用いられたものと思われる。神武が吉野から「踏み穿ち超えて」わざわざ宇陀の地に至った理由の一つは、宇陀が豊富な水銀の産出地であったことも関係しているかもしれない。

また、この一連に「みづがね伝承」という小題をつけたとき、私の記憶の古層には塚本邦雄の「水銀傳説」が横たわっていたかもしれない。ランボーとヴェルレーヌの関係を水銀アマルガムに見立てて詠まれた百首歌。「朱から生まれた鉄《Fe》以外のすべてと化合する猛毒の金属、その名を近代詩生誕時の凶凶しい栄光の伝統に冠したアイディア、それがこの百首創作の契機と存在のすべてであつたと言つてもいい」と塚本は「あとがき」に言うが、この「アイディア」には羨望を覚えたものである。ランボーの手首に猛毒の銃痕を残した、「くいこむように、しっかり附着」したアマルガム的なランボーとヴェルレーヌの関係を「水銀傳説」として詠もうとしたアイディアに。

七首目以降は、宇陀の族長であった兄宇迦斯を詠んでいるが、「押機《おし》に打たえて」死んだ兄宇迦斯の館があったと伝承されているところは、今もヲドノ（大殿）と呼ばれている。そして、兄宇迦斯やその兵たちから流れ出た血でくるぶしが浸るほどであったと伝えられるチハラ（血原）や、カブラザキ（鏑前）、イヤノタニ（射矢の谷）なども土地の記憶としての地名をかろうじて残している。

十三首目の「押機」は、『大辞林』に「バネ仕掛けのネズミ捕りのように、踏めば打たれて圧死する仕掛け」とある。十一首目の「水取《もひとり》」というのは、律令制で宮内省に属し、宮中の飲料水や氷室などを司った役所。神武に注進した弟宇迦斯がその任に当たったのである。「伝説」というのは、オトウカシ、オトシキ、オトクラジなど「エ・オト（兄弟）制」の弟によって、一族の継承がなされていくのが面白いと思ったのだろう。

血原は宇陀市菟田野《うだの》宇賀志《うかし》の字名《あざ》である。この血原で果てた兄宇迦斯の御魂である宇賀志神魂を祭神とする宇賀神社の傍らを流れる小川には、血原橋と名の刻まれた小橋が懸かっている。先に引用した松田の『古代の朱』では、「おそらく宇賀志にはそのような（引用者注―水銀含有の）母岩がまっ赤に野を染めて露頭していたので、これを血原とよんでいたのであろう」と推測している。その血原の近く、菟田野大沢には、明治四十二年（一九〇九）開山の大和水銀鉱業所があった。松田は続けて、「大和水銀鉱業所の井上純一所長は、大和水銀鉱山の母岩の傾斜度から見ても、宇賀志に露頭することは充分に考えられる、と私に教えてくれた」と書いている。古代はこの露頭している水銀を採掘したのであろう。

また、松田は、その井上所長の配慮で大和水銀鉱山の坑道に入った体験も書き記している。地下へ、地下へと、次々につりさげられたようにつづく木の階段を降りて坑道に入ると、

両壁は紅ひといろ。天井もまた紅ひといろ。足をのせている岩盤も紅ひといろ。カンテラの火はまっかなトンネルを、どこまでも照らしていった。牛肉の切身さながらの、まだらな紅の縞文様もある。白い母岩にひとすじの美しい紅を刷《は》いた坑道も見られた。浦島太郎が竜宮城に足をふみ入れたときの感じは、さこそとしのばれる。（松田壽男『古代の朱』）

朱は、甲骨文字では、牛をまっぷたつに胴切りしたときの出血をもって赤色を意味させたと言われるが（松田壽男『丹生の研究』）、松田の描くこの赤い世界は私の記憶と土地の記憶のさらに古層を揺さぶった。

平成二十一年（二〇〇九）十月、古墳時代前期（三世紀後半~四世紀）に築造された桜井茶臼山古墳（桜井市）から真っ赤に染まった石室が発掘されたというニュースが新聞の一面を飾った。竪穴式石室の天井、壁面、基底部も真っ赤であった。この赤色顔料は「朱」であることが確認さ

れ、少なくとも二百キログラム以上の朱が使われていることが明らかになった。この大量の朱はどこから来たのか。

近畿大学の南武志教授らの研究グループの同位対比分析法を用いた研究によると、大和水銀鉱山に産する朱砂を用いて赤く染めている可能性が高いという。もちろん、赤は魔除けを意味したし、古墳にこんなきれいな赤色が残っているということは、防黴という実際的な意味合いもあったのであろう。この古墳時代前期から宇陀の水銀が採掘されていたという可能性は、宇陀を拠点として神武が国中《くんなか》に撃って出る根拠をも示唆していないだろうか。水銀を制する者こそ王たるにふさわしいのである。

この新聞記事が出たあと、にわかに松田が書いていた大和水銀鉱山の坑道が見たくなり、菟田野大沢にあるという鉱山跡を探し歩いた。いろいろ尋ね廻って、やっと辿りついた所には「ヤマト環境センター」の看板が出ていた。松田が大和水銀鉱山の坑道に入ったのは、その労作『丹生の研究』が出版された昭和四十五年（一九七〇）以前のことだったのである。その鉱山を所有していた大和水銀鉱業所は、『丹生の研究』が出版された翌年の昭和四十六年（一九七一）に閉山となり、平成十三年（二〇〇一）からは「ヤマト環境センター」の事業を運営している野村興業株式会社の所有となっている。

しかし、まだ鉱山跡は残っているだろうというかすかな望みをもちながら、センターの事務所を訪ねた。鉱山跡を見たいのだがと言うと、受付の事務員から、鉱山の設備はほぼすべて撤去されてしまった、という応えが返ってきた。遅すぎたのである。

ちなみに、「ヤマト環境センター」では、使用済み乾電池や水銀含有廃棄物（蛍光灯、体温計、血圧計等）のリサイクルシステムによって水銀の回収を行っている。

うはしろみさくら咲きをり曇る日のさくらに銀の在処《ありか》おもほゆ　葛原妙子『薔薇窓』

うすくれないが褪せて白っぽくなった桜に、葛原妙子は「銀の在処」を思ったが、現代の錬金術は、銀や水銀の在処を探すのではなく、文明の廃棄物から回収するのである。

三

# 前登志夫のさくらの歌

極私的コレクション二百六十六首（『前登志夫全歌集』に拠る。＊は本文エッセイに引用。）

『子午線の繭』八首

夜のしろき満開の花をめぐりてはしづかにありきわが黒き月　「魚・発光」

みもしらぬベッドはここに横たはり硝子戸にさくら真夜《まよ》発光す

太初からこぼるるさまに散りいそぐひとときのさくらベッドにふりて

道白く埋むるまでに散りいそぐ花にむかひて魚となりにき

湿りたる木橋を渡らむとせしときの孵化期のわれに花吹雪せり

さくら樹下卵を茹でる店ありて未生《みしやう》の昼のその花吹雪　「鳥祭」

ひとときもとどまることの叶はねばさくらの幹に茹卵《たまご》を投ぐる

花吹雪する村は酢《す》し　亡命の思想も古りて累累の卵　「薄明論」

『靈異記』十八首

さくら咲くその花影の水に研ぐ夢やはらかし朝《あした》の斧は＊
血縁《けちえん》のふるき斧研ぐ朝朝のさくらのしたに死者も競へり＊
奥山の岩うつことばたまひたる金山彦命《かなやまびこ》のこの夕桜
樹木みなある日はゆらぐ行きゆきて乞食《こつじき》の掌に花盛られけり＊
蝸牛《くわぎう》歩む銀の過去世も曇りつつ花散りぬるとつばくろめ来つ
花ちかきわがあけぐれにふる雪のはげしき朝ぞ身は清からぬ
世の常のくらしのそとに生き継ぎて斧研ぐべしやさくら咲く日に
嘆かへば嬰児《あかご》の糯袢《じゆばん》ひつそりと積まれてゐたり花ちかき日に＊
春の夜の砧を闇に数ふればさくらのつぼみ風に揺るるも
花なべて木末《うれ》にかへさむ紫の斑雪《はだれ》の山を人は焼くなり
国原はふもとにかすみ冬の蟬さくらの幹にひそと放つも
春の曇り引窓の玻璃に動くなく過去世のさくら遠山に咲く
山上にわれを置きてぞ人ら去る仕置のごとし樹に花咲けば

「罪打ちゐたれ」
「さくら咲く日に」
「丹塗矢」
「喝食」

花群《はなむら》にのぼれる月を告げてくる喝食《かつしき》の声くらき庭より
ひつそりと遠山桜咲くなべに白鳥の歌成ると思へり
花群を過ぎゆくときに天狗だふし谷とよもしき麦青かりき
水分《みくまり》の貌ほのぐらし花のうへにひかりは崩れ黒き月立つ
霧しまき麓をめぐる花群ゆ過去世の咎を頌《ほ》むるもろごゑ

『縄文紀』　十七首

花群《はなむら》にもろごゑひそみ呼ばふれば子もちの鬼とわれはなりしか　「白き花」
木に花咲きわれの齢《よはひ》を湧く水にかへさむと来《こ》し荒山道を
恍惚とくれなゐの葉を落としゐるさくらを伐ればかりがね渡る　「雁の死」
さくらの材ある日は削りおほどかな弥勒の姿わが彫りやまず　「鬼市」
をみなごのけぶる春の日花守れば天狗倒しの響みぞきこゆ
運命に実るものあれぬばたまの山の夜《よ》に咲く花群《はなむら》も見き　「花近し」
さくら咲く青き夕べとなりにけり少年かへる道ほの白く＊

花ちかきあけぼのを啼く山鳩の声きこえくる杉山越えて
あけぼのに春の雪ふる血はくらし花くらしとぞ山鳩は啼く
樹に棲みて夜明けをうたふやはらかき喉《のみど》はゆるれ花近き日に
「曇しづめる」

花近きあしたをいそぐ旅人の播かざりし種子黒くかたしも
をちかたに吹雪ける桜夕やみは顎《あぎと》にしづみ耐ふべきわれか
山原の春のくぼみにをちかたの稲妻響む花折りて来《こ》し
花しろくうれにけぶりぬ傘さざば霧雨の山にまぎれ入るべし
「縄文紀」

鍛冶神《かぬちがみ》ねむれる杜の花遅くうつつの霧に酒こぼしけり
花近き夜《よ》の山わたる風きこえ荒ぶる鬼の翁さびゆく
「婆娑と吹き来つ」

樫の梢《ほた》さくらの梢を立ちのぼるむらさきのけむり樹樹にたなびく
「日時計」

『樹下集』四十九首

花近き日の雪みぞれ億万のさざめきのなか山鳩は啼く
「猨田彦」

日もすがら毬《まり》つきあそぶ女童《めわらは》のまりのくれなゐ山ざくら咲く
「虹のごと」

いつしかに入日はあかく差しきつつ十方に散らす花ありぬべし
かぎりなく跫音ひびく春の夜に梢の花を風渡るなり
歌詠めるこのはかなさよ霹靂神《はたたがみ》花ひらく木の末《うれ》とよもせり
花おそきことしの春のはるみぞれたのしき仕事われにあらぬか
妻も子も山を下りてゆくごとし白き夕べの山ざくら花
花の上に雹《ひょう》ふる朝明《あさけ》虹のごと精液を噴く夭折ののち
花いまだひらかぬ春の花矢倉太鼓の音は谷に響ける　「夏草」
花おそき今年の春よ三人子《みたりご》はいまだ幼く朝の山くだる
雨やまぬ鳥栖山《とりすみやま》に鐘撞きぬ霧ふかき日の花を尋ねて
谷底のひともと桜ほのじろく見おろすまなこ霧閉ざし来《く》も
あはれあはれをみなの撞ける春の鐘霧流るれば花群《はなむら》に沁む
明日なればこの山桜花咲くと告ぐればほのと父は目つむる　「群衆」
シリウスの蒼きひかりは花近き老木《おいき》のうれにまたたきぞする
あゆみこし春のつり橋揺れやまぬさびしき年の花にもあるか

生き難き一生《ひとよ》おもへば山みづにさくらの花のただよふ朝明《あさけ》

さくら咲くさびしき時間ぞろぞろと群衆はみな父のごとしも＊

散る花の明るきしじま詠《よ》み出でて群衆のなかにまぎれゆく　はや　「志なほくあるべし」

山のまに老木《おいき》のさくら花咲けどはなれて坐しぬ霧ふかくして　「銀河系」

夜空ゆくはる山かぜを目に見えぬさくらの花は吹き流るるや

さくら咲く日の近みかも村びとはいづこに寄りて呪《じゆ》を唱ふるぞ＊

花もちてあゆめる春の夕まぐれ大空の風ゆるくわたりぬ

大峯の戸開《とあ》け桜の枯れがれてことしの春は花にそむきぬ

峯入りの行者となりし少年に花降らせけり戸開け桜は

いしきだを花舞ひあがる春の日に後《のち》の世のごとわれは遊びぬ＊

歳《とし》ごとにわれはかなしむ年経《ふ》りしさくらのうれに花のこれるを

花びらをふみつつのぼる石段《いしきだ》の石濡れてをりみどりの雨に　「称名」

花すぎてふる春雨の冷ゆる日に石室《いはむろ》のなか蒼くけぶりぬ

つひの日に思ひ出づべしこともなく父死なしめてさくら咲きしを　「彼方」

囲炉裏べに春の茶粥をすすりけり秀衡桜《ひでひらざくら》いつ咲きそめむ　「生死の涯」

山ざくらはや咲きそめてま熊野の彼岸中日仔犬を連れぬ

真向ひに高見の山はかすみけり花群《はなむら》の曇りぬけて来ぬれば

山こめて花咲き満つる春の夜を稲びかりする三たびするどく

はたた神またひらめけば吉野山さくらは夜も花咲かせをり＊

足袋しろく奥千本の花に入るやさしきひとは死者に添ふべし

ああくらく花吹雪せり人間の驕りのこゑにわれは行かじな

杉山にとだえもなしにさくら花流るるひと日ひと日を生くる

脚ほそく白き鹿立つこのゆふべいづこのさくらわれにふぶくや

散りのこる山のさくらは日もすがら杉の木群《こむら》に流れ入るなり　「残桜記」

山ざくら咲きそむる日を雲分けて熊野の鴉飛ばむとすらむ　「熊野の鴉」

ふみしむる春三月の山の雪花待つといふ日日のはるけさ　「若葉の彗星」

花ちかき日に鳴りとよむ雷《いかづち》を年ごとに聴くわれの山住み

全山の桜のこずゑ雪しろく包める朝を懺悔《ざんげ》すわれは　「赤き燈火」

新年《にひどし》のさくらの枝に降る雪をもつとも清き情熱とせむ　「蔵王讃歌」

花吹雪くらぐらわたるみ吉野の春なかぞらに老見えそむる　「素志」

行きゆきて花のふぶきにたちくらむ山人の素志をみすてたまふな

人間の言葉重たき春の日にひと谷わたる花びらの風

ゆくりなく三人子《みたりご》のとし数へゐるこのおろかさや花群《はなむら》のなか

『鳥獸蟲魚』二十五首

かたはらに眠れるもののかぎりなしこの山住みに花咲くおそし　「春の霙」

あはあはとなべては過ぎて霞曳く大和国原花咲くらしも　「籤」

岩ひとつ押してゐたればなかぞらを花のふぶきは流れゆくなり　「残桜抄」

この山に兵三千のひそめるを花知りぬべし国原かすむ

おのれをばむなしうなさば安からむ赤岩の肌に花びらあまた

ひねもすをうぐひす鳴けり春の日の無間《むけん》奈落《ならく》に花降りそそぐ

上千本の花盛《さか》るしたよぎりゆき黒き檜山《ひやま》に入りてさびしむ＊

花雲に山霧ながれ往きすぐる女人菩薩らほほゑみたまふ
山くだるわれを見送る面差しのさびしく見ゆる桜咲く日は
花いまだ木末《うれ》にのこれる山の夜に書きのこすべし歌のこころを
山桜ほつほつひらく山上に降りきつる雪踏みて去《い》ぬべし　「花にふる」
花にふる四月の雪を分けゆかば皇子《みこ》の首萎えむわれの腕《かひな》に
花の雲にこの身泛べて水分《みくまり》の斎庭《ゆには》に入りぬ隠るるごとく　「即事」
坂のぼり坂をくだりて花の雲のなかに遊びぬかなしみもありて
山桜ことしも咲きて老ゆらむか杉の苗木を天《そら》に植ゑ来つ　「春の雪」
白き犬を森に放てばひぐれにもかへりきたらず山桜咲く　「花骨牌」
野も山も花咲きみちて小学校に上れる子らはますぐに並ぶ
花骨牌《はながるた》並べゐたればまつくらな夜空をわたる花の風あり
黒牛は遅れてくるやうら若き母在りし日の桜の園に
岩押して出でたるわれか満開の桜のしたにしばらく眩む＊
ひとすぢのひかりの帯を曳きて来るさくらはなびら杉の木の間に

花咲けばわが裘《かはごろも》たけだけしかの懸崖に射とめたる甦鹿《しし》
花の山の狼藉のあと沢蟹となりて歩めりまなこ濡れつつ
ムササビはみな相寄りて花の果《はて》のわれに告ぐらく——神敗れしと
春の日の花に遊べば今生に逢ひたる人らみな花浴ぶる
「崖の上に」

『青童子』二十四首

さくら咲くゆふべとなれりやまなみにをみなのあはれながくたなびく＊
晩年は放浪せむと古妻《ふるづま》にまた告げにつつさくら咲くなり
花むらをわたれる風のはらわたのくれなゐありてわが枝たゆし
人間のいとなむことの大方は愚かに見えて花に見惚るる
ブランデーを提げて来にけり母の愛《め》でし森の桜は老木《おいき》となりて
恍惚と花咲きみちて暮れゆかぬさくらの幹をわれは擁《いだ》きつ
人知れず咲くやまざくら見惚れつつ木樵《きこり》のひとよかなしまざらむ
青杉の斜面を曳きて白光《びやくくわう》のこずゑの花はわれを死なしむ
「白光」

魔羅出して山の女神《めがみ》に媚びたりし翁の墓に花を捧げむ

酔《ゑ》ひ痴れて花に踊れば車座の半裸の人ら身を揺り囃《はや》す

父の骨を撒きたる山か花むらに五月の雪はふりしきるなり　「棘」

潔癖につとめにはげむ長《をさ》の子の疲れは癒えよさくら咲くなり　「素心」

死にざまをさらにおもはじ咲きみちてさくらの花もゆふやみとなる　「ありとおもへず」

野に山に花咲きぬればいぶせしやいまだ性欲の涸れざるあかしか

犯したきおもひなつかし山みづは花びらしろくうかべて流る

さくら咲くゆふべの空のみづいろのくらくなるまで人をおもへり＊　「桜」

八百年むかしの人の苦しみををかしがりつつ花見るらむか

あはれあはれ去年《こぞ》の枝折《しをり》を尋ぬれば年ごとの花なべてあたらし

いくたびも歌のわかれをおもひつつ桜の花のしたをあゆみき

ふるくにのゆふべを匂ふ山桜わが殺《あや》めたるもののしづけさ＊

樹下山人ふたたびわれをうたはせよ木木の梢に花咲きみつるを

いくたびも欠伸をなして花に臥す春の狼の命終《をはり》見とどけむ

花盛りの森のひぐれをかへり来《こ》し山人《やまびと》の息しばらく乱る
桜咲く日の森くらし染斑《しみ》噴きてまなこかすめる華やぎならむ＊　「翁童界」

## 『流轉』十七首

花吹雪夜空わたるやなかぞらに目合《まぐあひ》なせる風ありしこと　「声のはろけさ」
春の夜のさゐさゐしづみ珠衣《たまぎぬ》の吹きたまりたる花びらのごと
うつとりと衰へてゆくわがをのこかかはりもなく木に花咲きて　「岩」
無意識の濃くたなびくや春の日のさくら花びら土に舞ひたつ　「碧玉」
てのひらにのせていとしまむ木仏《きぼとけ》を彫《ゑ》りはじめたり桜咲く日に
とびとびにやまざくら咲くやまなみはわが「残桜記」聴かむとすらむ　「花の山」
さくら咲く夕ぐれ青しもの言へばこぼるるものをとどめあへなく＊
古妻《ふるづま》にもの言ひをれば向う山に四月をはりの山桜咲く
花の山にひと群れつどひ来つれども村人はみな山畑にゐる
尾根ふたつへだててをれば吉野山ながきいくさも花もまぼろし

妻つれてわらびを摘みにゆきしかどおくれし花を愛《め》でてこしのみ　「変身」
正月の餅を供へにゆきたりしかの山桜枯れていくとせ　「雫」
桜前線日本列島北上す南島にしてをみなご舞へり　「南島即事」
さくらさくら日本の野に咲き満ちてわれをいぢめる人らやさしも　「王権」
花見する群衆にまじり物食めり家畜のごとくみだらとなりて
西行の招きなるべし吉野山さくらの下のごみすこし拾ふ
あかあかと桜もみぢにさざめけるをみなら群れてさだ過ぎむとす　「旗」

『鳥總立』三十六首
山桜そのひとつだに伐らざりきいさぎよく山の家棄てざりき　「春の山」
木のうれに百鳥《ももどり》啼けり暗殺者ひしめきつどふさくらの下に
花咲ける山に造りしまぼろしの牢ゆるやかにわれを入れしむ
さくらさくら二度のわらしとなりゆくや春やまかぜに吹かれふかれて
さくらさくら春のくもりを裂きてゆくわが風切羽まだ衰へず　「シュウクリーム」

さしてゆく洋傘に降りし花びらを重しとおもふ職もたぬわれ

死に失せし人さへ森をさまよはむ花びらしろく流れ来る日は＊

杉花粉飛び散るそらの花曇孔雀呪法を忘れて久し

めぐりみな針葉樹林山ざくら咲き出づる日の淡きくれなゐ

紙障子張り替へくるる古妻も狐のごとし花の宵闇

人はみな見知らぬ間、父母未生以前のさくら空に咲くなり　「天体」

列島に桜前線きたる日や茶粥を食べて肝《かん》を休めむ

山桜の杖突きて行けいつにても靄ある山の緑青《ろくしやう》の径　「庭」

風ひかる繊《ほそ》きこずゑに山ざくら花ひらくまでの樹液をおもへ　「さくらは花に」

山鳴ると娘は言へり年どしの花のたよりは身にしむものを

生き別れ死にわかれきつ花ちかき日のゆふやみに夜神楽舞へり

恍惚を棲家となさばしどけなく花見るらむかさくらは花に

花の上に雨ふる朝明《あさけ》をみなごを犯せしことの昨夜《きそ》のごとしも　「ハンモック」

草のわた払はむとせり若きらの出でたる村に花咲き満ちて

花ぐもりの昼むしあつくドラム打てばぽあーんぽあーんと人死にゆかむ

しめりたる花のほとりに睡りをる蕊《しべ》ふるへつつ世界を抱《いだ》け

桜散るその青空のハンモックみどり児いまだ睡りゐるにや

たどたどしく法螺貝吹けばうらぐはし葉桜の山ふくらみゆかむ　「夜の瞼」

ぞろぞろと鬼どもつづき下りきつるさくら咲く日の山となりたり　「石斧」

花咲けば去年《こぞ》の野分《のわき》に倒れたる蒼杉山にしかたなく寝《ぬ》る

花ざかりの嶺見えてをりわれの手をひきくだされしうらわかき母も

こともなく染井吉野は咲きそめて立ち遅れたる力士ありけり　「力士」

ダイオキシンにつよき群衆入りみだれ桜の山に花食うぶるか

霙ふるゆふべの庭に咲きゐたる桜の花のくらくなりたり　「大鴉」

よく睡りしわれの一生、甘酒をいただきかへるけふ花祭

かぎりなく花を喰ひて年ふりし杣《そま》の燈火《ともしび》庭におよべり

いとまありて桜咲く日の春日野に梢をわたる風を聴くなり

風荒き日の山ざくら散りみだれ木の間《こま》の太鼓鬼踊らしむ

散る花をついばむ鳩をおどろかせ性に目覚めし苑を歩めり
核もたぬ国の驕りか満開の桜の下に歌仙を捲きつ
魂を掏られしものらささやきて何を売りをらむ桜の園に

『落人の家』十九首

はるゆきの山にうからは残りをり雪なき街の花の明るさ　「山人の血」
かたはらに死者ものいふとおもふまで夜の山ざくら花をこぼせり＊　「翁の首」
岩の上に翁の首を祀りけむ。山のさくらを散らしめにけむ
遅桜咲く山道を辿りなばこぞのしをりのごときわが腕
春寒きふるさとの山に人居らずことしの花は梢に咲ける　「女神」
『歎異鈔』第十三章を口ずさみ桜咲く夜の山にねむらむ
ひきがへるふと出できたり花のうへ雪まじりつつ春の雨ふる
懐中時計机上にうごき崖の上に昼のさくらのひらかむとする　「木の立てる斜面」
山上の桜は咲けりわれの子も鬼にまじりてここ過ぎゆかむ

斜面にてわれの屍在るごとし百歳の家花に飾られ
巨いなる鳥のごとくにうづくまる古き家飛ばむさくらふぶきに
忘却のふかさをおもへ億万の花ことごとく梢に咲ける
花莫蓙の円位法師につつしみて葉桜の酒すこしいただく　「葉桜」
早かりしことしの桜こともなく亡《ほろ》びを急ぐ物に溢れて　「春やまごもり」
鶲《ひは》よりも小さき鷲《わし》を彫るまひる桜はなびら空を覆ひぬ
ゆつくりと桜の枝の杖突きて尾根ゆくものとなりにけるかな　「沈黙」
この冬は歌を詠まずにすごし来つさくらは早く咲きはじめたり
かたはらに睡る古妻《ふるづま》いつよりぞ菩薩となれり桜咲く夜
サクラサクラ、贋物はやる今の世に本物の歌は仕掛なかりき　「熱帯」

『大空の干瀬』二十八首
ミサイルは鶴のごとくに飛びくるや日本列島桜咲く日に　「桜咲く日に」
贋物もいまはわずかに耀かむ満山の花ふぶくときのま　「戸口」

貌朱《かほあか》く長《たけ》八尺の山人の亡び思へり山桜伐る
この春の花を散らせる春風に「われの行方」を語りてさびし
埋めたるその骨の上に木を植ゑて山桜咲けば春の山なり
「林冬」
大峯の奥駈道をこし僧と五月の桜語りし昔
「笙の窟」
ことしの花いかにと問へば山鳴りてさびしさまじるとしどしの花
「大空の干瀬」
大空の干瀬のごとくに春山のけぶれるゆふべ桜を待てり
青草にホルンきこゆるぼんやりとさびしき山にやまざくら咲く
わが頭蓋をついばみ穿つくちばしは裁きのごとし桜咲く日に
「くちばし」
あづさゆみ春大空に全山の花散りゆかばやまひ癒ゆべし＊
山の気にいだかれたれば穿たれし頭蓋を覆ひ山桜咲く
頭蓋より抜け出でし夢か山中の桜のうれにくれなゐ滲む
花ふぶく尾根道ゆかむいたつきの癒えたるまひる宮澤賢治と
「草餅」
かたはらを過ぎゆくさくら花びらのひねもす絶えず鹿食はれをり
狼に殺されし父祖《おや》の晩年をおもへばさくら高嶺にふぶく

打靡き春きたりけり肝硬変と診断されつつ花の酒酌む
木木をゆく春乞食《はるこつじき》に惜しみなく梢はたかく花ふらしけり　「春乞食」
木花開耶姫らのつどふさだめきを聴くべくなりぬ桜散る山に
大峯の戸開け桜の枯れし年少年ひとり谷行《たにかう》にせり
林中に行乞《ぎやうこつ》なせば木霊となりたる娘花をふらせり
うた言葉淡くなれども春くれば山のなだりは花咲かむとす　「月代」
義経の千本桜謡ひをりし父のひたひの禿げ上がりゐき
花の上に雪降りつもる春の日にわが長《をさ》の子は妻を娶らむ　「岬」
ひねもすは喪服を着けてゐるごとく山桜咲く山にむかへり
源三位《げんざんみ》頼政の歌くちずさび山のさくらをこの春も愛づ
花咲けばおのれだまして華やぐかせめて源氏名のかをりをもてよ
さくら咲く山の菴《いほり》にもの思へばわが晩年の雪ふりしきる＊

『野生の聲』十一首

かの尾根に山桜の苗植ゑおかむ山の石並び青苔むせる　「死者たち」
遠くより春かみなりのとどろきて歌くちずさむ霧の花むら　「伝承の翅」
桜咲く山に死にたる山びとの悔しみの嵩ひとに語るな＊
やまざくら遠く眺めてさかづきをしづかにあぐる翁となれり　「雹」
春風の花散らしをる落人の村すぎてより夕日かたむく
山住のわれは影武者、翁さび花にまぎれてたれの影武者
いまははや貴種もをらねば山住の影武者にふるさくらのふぶき
いくたびも花ふらせゐる春の日の乞食《こつじき》あゆむ亡びし村を
神風となりにし友よことしまたさくらは咲きてわれはまだ生きむ
屍骸《しかばね》となりゆくわれにふる花のやまざくらこそ遠く眺むれ
花の上に雹ふる朝明、戦争に死にたる友の名を唱へむか

「拾遺」十四首

「新春の山」

幾曲がり花なき山をのぼりゆくこの静けさに空澄みわたる
戦争に征く年の春山越えに吉野の花を訪ねきたりし

「花に遊べる」

蔵王堂の姿見ゆればなつかしき人らをしのび花に遊べる

「花の山」

花の山にほとけまつりて経誦《ず》する人のおこなひなつかしきかな
西行の歩みたまひし道なれば花愛《め》づる人らほのぼのとせり

「吉野詣」

うらわかき母こまらせて花見せし吉野詣の春の山道
六十年夢のごとしもわが母にひかれてゆきし桜峠の道

「花」

ことしまた吉野の花を語らむか花みることのふかきあはれを
わかきよりさくらの花に遊びけり齢重ねし人もさくらも
この山に蔵王権現祀られて尽十方に花吹雪せり

「翁は舞へり」

西行菴の桜咲く日に出会ひたる麦藁帽子の五條管長
蔵王権現忿りたまひしこの山のさくらのしたで酒を酌みたし

「雪の繭」

峯入りのかなはぬ老いに降りきつる蔵王堂の雪花のごとしも

春山に祝詞を聴きてゐたりけり空より花は散りこぼれきて　「刳舟」

＊「花」は桜の花か、その他の花か、決めかねるものがあった。しかし一連のなかで推測したり、季節感や前の言葉の使い方などから推し測ったりした。また「サクラ」を別の意味で使っていたり、謡曲の「義経千本桜」も含めた。前が使う「さくら」という言葉の多義性と奥行きを大事にしたからである。異論のあるものもあるかもしれないが、極私的なアンソロジーゆえ寛容を乞う。

## あとがき

今年、平成三十年（二〇一八）の桜が咲いた。桜が咲くと、花乞食《はなこつじき》となって、あちらこちらの桜の花を見て歩きたくなる。桜の花を仰ぎ見ていると、私の体のなかをじわりと動くものがある。私にも桜の樹液が流れているのか。今年の樹液にはさみしさが混じっている。

二月十九日に母が亡くなった。この小著の中の「老い桜」の章を「今しばしわが母の終わりの花を見るとするか。」と結んでから、ほぼ七年。行年九十二歳。老衰であった。正月ににわかに体調をくずし、二月に入ると衰えが目立ってきた。ほとんど何も口にしなくなっていったが、見守るしかなかった。息をひきとる寸前、妻が「長い間ありがとう」と言うと、樹液のようなひとすじの泪をこぼした。その「老い桜」の泪が樹液となって、桜を見上げる私の体のなかをめぐっているのか。

「老い桜」をはじめ、ひょんなことから十年もの長きにわたって、桜のエッセイを書くことになった。この小著の出版を勧めてくれた北冬舎の柳下和久編集長が、二十年ほど前、一本の電話をくれた。『角川短歌年鑑』の拙作自選五首を読んだと言う。細部は忘れたが、コメントは有り難かった。そして北冬舎の雑誌（当時は「北冬＋《プラス》」）の別冊『二〇〇四年の桜／725首』に歌を出すように依頼を受けた。（そこに出した「木強」二十五首をふくむ第二歌集『木強』は、北冬舎から出版した。）その頃から、北冬舎は「《主題》で楽しむ100年の短歌」シリーズを出しはじめ、柳下編集長から「桜」のエッセイを書いてみてはどうかという示唆を受けていた。

まず先師前登志夫の歌集から桜の歌を抜き出してノートに写しはじめ、他の歌人の歌集や歌誌などからも目についた桜を詠んだ歌を書き写した。多くの歌を書き写したが、私の出不精と偏愛的な歌の好みも手伝って、宇陀や吉野の桜をめぐる思いが多くを占めるようになった。とりわけ多くを引用した先師の歌は、第三章に「前登志夫のさくらの歌」として集めてみたので、目を通していただくと花醍醐の気分を味わっていただけることと思う。

題名にもなった冒頭の「やすらへ。花や。」と「オレンヂ」は、先師存命中の「ヤママユ」誌や「北冬」誌に載ったものであり、先師も目を通してくれたと思うが、他は四月五日の桜の頃に逝った先師を偲びつつ、ときどきに書き継いできたものである。もう二、三篇は書きたいと思っていたが、先師没後十年に当たる今年を潮時として、この小著を先師の御霊《みたま》と父母の御霊に献ずることにする。

口絵の写真は、年々歳々、花乞食となって見上げた桜の花をスマートフォンで撮ったもので、腕も画質もよくないが、エッセイに目を通すときのよすがになればうれしい。

最後になったが、いつも電話でエッセイの感想を聞かせてくださった先師の奥様順子夫人と、長きにわたって気ままなエッセイを書かせてくれた「ヤママユ」の仲間の皆様にこころより感謝申し上げたい。

そして、昨年、二十年ぶりに山の上ホテルで初めてお会いしたとき、年来の知己のようにこのエッセイ集の全体の構想を歓び、シリーズの一冊として刊行しましょうと言ってくれた北冬舎の柳下和久編集長、ならびに煩雑な索引づくりと校正に綿密に取り組んでくださった久保田夏帆様、また北冬舎刊の『木強』『われはいかなる河か―前登志夫の歌の基層』と同じく装丁の労を取ってくださった大原信泉様に、篤く御礼申し上げる。

平成三十年(二〇一八)四月五日

宇陀の満開の桜ちりそめし日、「やすらへ。花や。」とつぶやきつつ

萩岡良博

## 人名索引（五十音順）


［あ行］

秋山佐和子―あきやまさわこ―022, 107
芥川龍之介―あくたがわりゅうのすけ―021
雨宮雅子―あめみやまさこ―079
荒木又右衛門―あらきまたえもん―112
在原業平―ありわらのなりひら―140
石川恭子―いしかわきょうこ―105, 106
伊勢大輔―いせのたいふ―098, 099
井辻朱美―いつじあけみ―107
伊藤一彦―いとうかずひこ―029, 030
稲富正彦―いなとみまさひこ―076
稲葉京子―いなばきょうこ―067, 130, 134
乾醇子―いぬいあつこ―114
井上純一―いのうえじゅんいち―151
茨木和生―いばらきかずお―042
茨木のり子―いばらぎのりこ―064, 066, 067
井伏鱒二―いぶせますじ―127
岩田正―いわたただし―073
岩見重太郎―いわみじゅうたろう―112
允恭天皇―いんぎょうてんのう―140, 141
上田秋成―うえだあきなり―100, 101
上田和夫―うえだかずお―102
上田三四二―うえだみよじ―093～095
ヴェルレーヌ（ポール）―ゔぇるれーぬ（ぽーる）―149, 150
内田令子―うちだれいこ―097, 101
大岡昇平―おおおかしょうへい―078, 079
大滝貞一―おおたきていいち―105, 106
太田正一―おおたしょういち―087, 088
大谷雅彦―おおたにまさひこ―047
大伴家持―おおとものやかもち―142, 143
大屋隆司（太田正一の長男）―おおやたかし―087, 088
岡野弘彦―おかのひろひこ―020～023, 056～058, 069, 070, 086, 093, 103
岡本かの子―おかもとかのこ―107～110
岡本太郎―おかもとたろう―108
小川和佑―おがわかずすけ―074, 075, 077, 081, 082
尾崎左永子―おざきさえこ―108
折口信夫（釋迢空）―おりくちしのぶ（しゃくちょうくう）―014, 021, 086, 133, 137
折口春洋―おりくちはるみ―021, 133

［か行］

梶井基次郎―かじいもとじろう―072～079
ガリレオ・ガリレイ―がりれお・がりれい―126, 127

北原白秋―きたはらはくしゅう―037
北森鴻―きたもりこう―038〜040
葛原妙子―くずはらたえこ―153
小泉八雲―こいずみやくも―102
郷原艸夫―ごうはらくさお―083, 086
弘法大師（空海）―こうぼうだいし（くうかい）―139
コクトー（ジャン）―こくとー（じゃん）―118
小島ゆかり―こじまゆかり―052, 059, 060
小高賢―こだかけん―134
後藤基次（又兵衛）―ごとうもとつぐ（またべえ）―112, 113
小林秀雄―こばやしひでお―018
小林幸子―こばやしゆきこ―054〜056

［さ行］
西行（佐藤義清）―さいぎょう（さとうのりきよ）―043, 055, 077, 078, 092, 098, 099, 115〜122, 133〜136, 168, 176
三枝浩樹―さいぐさひろき―088
斎藤史―さいとうふみ―012, 013, 063
斎藤瀏―さいとうりゅう―013
坂本忠雄―さかもとただお―043
坂本冬美―さかもとふゆみ―050
佐佐木幸綱―ささきゆきつな―024, 077
佐藤佐太郎―さとうさたろう―056, 057
佐藤俊樹―さとうとしき―142
佐藤憲康―さとうのりやす―118
ジェンキンス（チャールズ）―じぇんきんす（ちゃーるず）―062
静御前―しずかごぜん―132
司馬遼太郎―しばりょうたろう―113
島崎藤村―しまざきとうそん―125
島田修三―しまだしゅうぞう―144
十鳥敏夫―じゅうとりとしお―115
白河法皇―しらかわほうおう―118
白洲正子―しらすまさこ―118
城山三郎―しろやまさぶろう―082, 083
神武天皇―じんむてんのう―149
鈴木力―すずきちから―043
清少納言―せいしょうなごん―099
瀬戸内晴美―せとうちはるみ―107
世阿弥―ぜあみ―062
衣通姫―そとおりひめ―140, 141

［た行］
待賢門院藤原璋子―たいけんもんいんふじわらのしょうし―118
大悟法利雄―だいごぼうとしお―026
高嶋健一―たかしまけんいち―039
髙野公彦―たかのきみひこ―048, 056
高橋和巳―たかはしかずみ―082, 083
滝田樗蔭―たきたちょいん―108
竹内薫―たけうちかおる―128
太宰治―だざいおさむ―084
谷崎潤一郎―たにざきじゅんいちろう―057
玉井清弘―たまいきよひろ―094
塚本邦雄―つかもとくにお―038, 149〜150
辻邦生―つじくにお―118
テイラー（ジル・ボルト）―ていらー（じる・ぼると）―128
天武天皇―てんむてんのう―145

徳川家康｜とくがわいえやす｜113
富安風生｜とみやすふうせい｜056
豊臣秀長｜とよとみひでなが｜113
鳥越皓之｜とりごえひろゆき｜015

[な行]
永井陽子｜ながいようこ｜126～128, 138, 145
永田和宏｜ながたかずひろ｜114
中西進｜なかにしすすむ｜073, 074, 076, 077, 141～144
なかにし礼｜なかにしれい｜032～034
成瀬有｜なるせゆう｜085, 086
野口あや子｜のぐちあやこ｜092
野澤節子｜のざわせつこ｜061

[は行]
萩岡良博｜はぎおかよしひろ｜016, 034, 087, 105, 106, 114, 147
萩原朔太郎｜はぎわらさくたろう｜075～077, 125
長谷川郁夫｜はせがわいくお｜042
馬場あき子｜ばばあきこ｜051, 052, 062
林あまり｜はやしあまり｜050
樋口一葉｜ひぐちいちよう｜049
日高堯子｜ひたかたかこ｜043, 091, 092, 109
藤井常世｜ふじいとこよ｜043, 140
藤原頼長｜ふじわらのよりなが｜118
古屋健三｜ふるやけんぞう｜094
辺見じゅん｜へんみじゅん｜105, 106

[ま行]
前川佐美雄｜まえかわさみお｜017, 018, 139
前登志夫｜まえとしお｜018, 024, 025, 028, 042～047, 052～056, 067～069, 078, 083, 090, 093, 095, 096, 101, 102, 105, 116～119, 122, 125, 131, 144, 156
蒔田さくら子｜まきたさくらこ｜107
正岡子規｜まさおかしき｜135
松尾芭蕉｜まつおばしょう｜121, 133, 135
松田壽男｜まつだひさお｜147, 149～152
松本典子｜まつもとのりこ｜107
三浦真木夫｜みうらまきお｜139
水上勉｜みずかみつとむ｜061
水原紫苑｜みずはらしおん｜057, 060, 061, 092, 120
南武志｜みなみたけし｜152
源義経｜みなもとのよしつね｜132
宮本輝｜みやもとてる｜050, 051
三好達治｜みよしたつじ｜123～126
武川忠一｜むかわちゅういち｜014
室生犀星｜むろうさいせい｜125
ムンク（エドヴァルド）｜むんく（えどゔぁるど）｜076, 077
モーツアルト｜もーつあると｜127
本居宣長｜もとおりのりなが｜017, 080～082, 100, 101, 117

[や行]
柳田國男｜やなぎたくにお｜055, 057
倭建命｜やまとたけるのみこと｜021
山中智恵子｜やまなかちえこ｜068
山部赤人｜やまべのあかひと｜138, 139, 143, 144

山本登志枝｜やまもととしえ｜123, 125
山本常江｜やまもとときえ｜064
吉岡太朗｜よしおかたろう｜023〜025
吉川宏志｜よしかわひろし｜130〜136
吉本隆明｜よしもとたかあき｜118, 119

【ら行】

ランボー（アルチュール）｜らんぼー（あるちゅーる）｜018, 119, 149, 150

【わ行】

若山喜志子｜わかやまきしこ｜031
若山牧水｜わかやまぼくすい｜026〜031, 080
渡辺淳一｜わたなべじゅんいち｜057, 058
渡辺松男｜わたなべまつお｜070
渡英子｜わたりえいこ｜040〜041

## 書名索引（五十音順）

［あ行］
『青き魚を釣る人』室生犀星（一九二三年四月刊）―125
『青猫』萩原朔太郎（一九二三年一月刊）―075, 076
『明るき寂寥』前登志夫（二〇〇〇年八月刊）―101, 102
『あかるたへ』水原紫苑（二〇〇四年十一月刊）―057, 060, 061, 092, 120
『游べ、櫻の園へ』成瀬有（一九七六年八月刊）―085
『いのちなりけり吉野晩禱』前登志夫（二〇一八年一月刊）―025
『伊勢物語』―099
『異類界消息』岡野弘彦（一九九〇年四月刊）―056
『雨月』高野公彦（一九八八年七月刊）―048
『うたのゆくへ』斎藤史（一九五三年七月刊）―013
『美しく愛しき日本』岡野弘彦（二〇一二年三月刊）―069, 086
「乳母ざくら」小泉八雲『怪談』（一九〇四年四月刊）〔『小泉八雲集』上田和夫訳（一九七五年三月刊）に収録〕―102
『海の声』若山牧水（一九〇八年七月刊）―026, 028, 031
『遠景の歌』中西進（一九八五年四月刊）―076
「桜花七十章」『寿算歌桜花七十章』上田秋成〔『上田秋成全集』第十二巻（一九九五年九月刊）に収録〕―100
『大空の干瀬』前登志夫（二〇〇九年四月刊）―047, 093, 172
『牡鹿の角の』日高堯子（一九九二年六月刊）―091
『落人の家』前登志夫（二〇〇七年八月刊）―095, 171

［か行］
『かの子歌の子』尾崎左永子（一九九七年十二月刊）―108, 110
『かの子撩乱』瀬戸内晴美（一九六五年五月刊）―107, 108, 110
『鑑賞・現代短歌8上田三四二』玉井清弘（一九九三年六月刊）―094
『記憶の森の時間』馬場あき子（二〇一五年三月刊）―062
『聞書集』西行―115, 121
『木々の声』前登志夫（一九九六年十二月刊）―105
『奇跡の脳』ジル・ボルト・テイラー（竹内薫訳、二〇〇九年二月刊）―128
『希望』小島ゆかり（二〇〇〇年九月刊）―052
『魚歌』斎藤史（一九四〇年八月刊）―013
『桐の花』北原白秋（一九一三年一月刊）―037
『禁野』萩岡良博（二〇一二年五月刊）―106
『草の快楽』高嶋健一（一九八二年六月刊）―039

『草のたてがみ』藤井常世（一九八〇年七月刊）―140
『樟の木のうた』永井陽子（一九八三年八月刊）―127, 138, 145
『靴音』岩田正（一九五六年四月刊）―073
『黒髪考、そして女歌のために』日高堯子（一九九九年十一月刊）―092, 109
『黒松』若山牧水（一九二四年九月刊）―031
『群黎』佐佐木幸綱（一九七〇年十月刊）―077
『形影』佐藤佐太郎（一九七〇年三月刊）―056
『源平盛衰記』―118
『広辞苑』第六版（二〇〇八年一月刊）―097
『紅梅』前川佐美雄（一九四六年七月刊）―017
『古歌そぞろ歩き』島田修三（二〇一七年二月刊）―144
『古今和歌集』―140
『古事記』―021, 140, 147, 148
『古代の朱』松田壽男（一九七五年八月刊）―149～151
「こひがんざくら」野澤節子『花の旅　水の旅』（一九八三年二月刊）―061
『金剛』前川佐美雄（一九四五年一月刊）―017

【さ行】
『西行』白洲正子（一九八八年十月刊）（新潮文庫、一九九六年十月刊）―118
『西行花伝』辻邦生（一九九五年四月刊）―118, 119
『西行の肺』吉川宏志（二〇〇九年八月刊）―134
『西行の花』十鳥敏夫（二〇〇七年二月刊）―115
『西行論』吉本隆明（講談社文芸文庫、一九九〇年二月刊）―118
『さくら』小島ゆかり（二〇一〇年三月刊）―059, 060
『桜が創った「日本」』佐藤俊樹（二〇〇五年二月刊）―142
『さくら伝説』なかにし礼（二〇〇四年三月刊）―032, 033
『桜と日本人』小川和佑（一九九三年六月刊）―074, 075
『桜の樹の下で』渡辺淳一（一九八九年四月刊）―057, 058
「桜の樹の下には」梶井基次郎（一九二八年十二月「詩と詩論」第二冊）〔『梶井基次郎小説全集』（一九九五年九月刊）に収録〕―072～075, 077
『桜の文学史』小川和佑（二〇〇四年二月刊）―081
『桜宵』北森鴻（二〇〇三年四月刊）―039
『細雪』谷崎潤一郎（一九四九年十二月刊）―057
『山家集』西行〔『日本古典文學大系29』『山家集・金塊和歌集』（岩波書店、一九六一年四月刊）に収録〕―077, 098, 099, 115, 117, 119～122
『散華』高橋和巳（一九六七年七月刊）―082, 083
「散華」太宰治（「新若人」一九四四年三月号）〔『佳日』（一九四四年八月刊）に収録〕―084
『詞花和歌集』―098, 099

『死か芸術か』若山牧水（一九一二年九月刊）—031
『指揮官たちの特攻』城山三郎（二〇〇一年八月刊）—082, 083
『地獄の季節』ランボー（一八七三年刊）（小林秀雄訳、一九三〇年十月刊）—018
『地獄変』芥川龍之介（一九三六年四月刊）—021
『子午線の繭』前登志夫（一九六四年十月刊）—018, 068, 125, 156
『詩心往還』中西進（一九七五年十月刊）—141, 143
「信濃桜の話」柳田國男（「山宮考」一九四七年六月）〔『定本柳田國男集』第二十二巻（一九六二年四月刊）に収録〕—055
『秋天瑠璃』斎藤史（一九九三年九月刊）—012, 063
『周老王』萩岡良博（二〇一七年十月刊）—087
『樹下集』前登志夫（一九八七年十月刊）—047, 052, 144, 159
『純情小曲集』萩原朔太郎（一九二五年八月刊）—125
『城塞』司馬遼太郎（上・下巻、一九七二・七三年刊）—113
『縄文紀』前登志夫（一九七七年十一月刊）—043, 045, 158
『松籟』富安風生（一九四〇年六月刊）—056
『食卓に珈琲の匂い流れ』茨木のり子（一九九二年十二月刊）—064, 066
『しろがねの笙』稲葉京子（一九八九年六月刊）—067, 130
『白き路』大谷雅彦（一九九五年五月刊）—047
『新古今和歌集』—116
『水銀傳説』塚本邦雄（一九六一年二月刊）—149, 150
『菅笠日記』本居宣長—081, 117
『青童子』前登志夫（一九九七年四月刊）—045～047, 101, 122, 165
『生命のフリーズ』ムンク（一九一八年刊）〔稲富正彦編集・解説『ムンク』（一九九六年一月刊に収録）〕—076
『雪鬼華麗』馬場あき子（一九八〇年六月刊）—051
『雪月花』中西進（一九八〇年六月刊）—073, 074
『窓冷』武川忠一（一九七一年十月刊）—014
『測量船』三好達治（一九三〇年十二月刊）—123
『空の系譜』萩岡良博（一九九四年十一月刊）—147～149
『存在の秋』前登志夫（一九七七年十二月刊）—116, 131

【た行】

『台記《たいき》』（左大臣藤原頼長の日記）—118
『大辞林』第三版（二〇〇六年十月刊）—150
『龍を眠らす』渡英子（二〇一五年七月刊）—040
『短歌一生』上田三四二（一九八七年一月刊）—094
「短歌拾遺」釋迢空〔『折口信夫全集25』（一九九七年三月刊）に収録〕—133
『淡青』髙野公彦（一九八二年五月刊）—056
『膽大小心録』上田秋成〔『上田秋成全集』第九巻（一九九二年十月刊）に収録〕—100

『歎異抄』—171
『小さなヴァイオリンが欲しくて』永井陽子(二〇〇〇年十月刊)—127
『地天女』内田令子(二〇一一年六月刊)—097
『蝶』渡辺松男(二〇一一年八月刊)—070
『鳥獣蟲魚』前登志夫(一九九二年十月刊)—067, 117, 163
「追憶と眼前の風景」『みなかみ紀行』若山牧水(一九二四年七月刊)〔『若山牧水全集』第六巻(一九五八年六月刊)に収録〕—028〜030
『てまり唄』永井陽子(一九九五年七月刊)—127
『冬歌』郷原艸夫(一九九二年八月刊)—084
『鳥總立』前登志夫(二〇〇三年十一月刊)—078, 168
『鳥の見しもの』吉川宏志(二〇一六年八月刊)—130〜136

[な行]
『なよたけ拾遺』永井陽子(一九七八年七月刊)—126
『丹生の研究』松田壽男(一九七〇年十一月刊)—147, 151, 152
『日本書紀』—140, 141, 144, 147
『野ざらし紀行』松尾芭蕉—121, 135

[は行]
『バグダッド燃ゆ』岡野弘彦(二〇〇六年七月刊)—020, 022, 023, 069
『場所の記憶』小林幸子(二〇〇八年十二月刊)—054, 055
『花影』大岡昇平(一九六一年五月刊)—078, 079
『花衣』上田三四二(一九八二年三月刊)(講談社文芸文庫、二〇〇四年七月刊)—094, 095
「花の話」折口信夫(一九二八年六月、国学院大学郷土研究会例会講演筆記)〔『折口信夫全集2』(一九九五年三月刊)に収録〕—014
「花物語」折口信夫(原題「花の咄」「短歌月刊」一九三三年五月第五巻第五号)〔『折口信夫全集17』(一九九六年八月刊)に収録〕—137
『花をたずねて吉野山』鳥越皓之(二〇〇三年二月刊)—015
『薔薇窓』葛原妙子(一九七八年九月刊)—153
『飛花抄』馬場あき子(一九七二年十月刊)—052
『悲神』雨宮雅子(一九八〇年十月刊)—079
『ひたくれなゐ』斎藤史(一九七六年九月刊)—013
『ひだりききの機械』吉岡太朗(二〇一四年四月刊)—023
『風景と実感』吉川宏志(二〇〇八年一月刊)—131, 134, 135
『風姿花伝』世阿弥—062
『ふしぎな楽器』永井陽子(一九八六年十二月刊)—126, 127
『木強』萩岡良博(二〇〇五年八月刊)—016〜019, 034, 105, 114
『ほどよき形』乾醇子(二〇一四年八月刊)—114

【ま行】
『MARS☆ANGEL』林あまり（一九九三年五月刊）—050
『前登志夫全歌集』（二〇一三年八月刊）—156
『魔王』塚本邦雄（一九九三年三月刊）—038
『枕草子』清少納言—099
『枕の山』本居宣長—100
『真旅』成瀬有（二〇〇八年十二月刊）—085, 086
『万葉集』—098, 099, 138～140, 142, 143, 145, 147
『見えない配達夫』茨木のり子（一九五八年十一月刊）—066
『みずかありなむ』山中智恵子（一九六八年九月刊）—068
『水谺』郷原艸夫（一九九五年四月刊）—083, 084
『水の音する』山本登志枝（二〇一六年三月刊）—123

【や行】
『野生の聲』前登志夫（二〇〇九年十一月刊）—047, 175
『山桜の歌』若山牧水（一九二三年五月刊）—027, 080
『日本し美し』前川佐美雄（一九四三年二月刊）—017
「闇桜」樋口一葉（『武蔵野』第一編（一八九二年三月）に発表）〔『樋口一葉全集』第一巻（一九七四年三月刊）に収録〕—049
『浴身』岡本かの子（一九二五年五月刊）—108
『夜桜』宮本輝（『文學界』一九七八年四月号）〔『幻の光』（一九七九年七月刊）に収録〕—050, 051
『夜の桃』渡英子（二〇〇八年十二月刊）—040, 041

【ら行】
『流轉』前登志夫（二〇〇二年十一月刊）—047, 167
『靈異記』前登志夫（一九七二年三月刊）—024, 044, 078, 117, 157
『路上』若山牧水（一九一一年九月刊）—026

【わ行】
『若山牧水歌集』伊藤一彦編（岩波文庫、二〇〇四年十二月刊）—029, 030
『若山牧水新研究』大悟法利雄（一九七八年九月刊）—026
『湧井』上田三四二（一九七五年三月刊）—093

## 初出一覧

一

やすらへ。花や。　「ヤママユ」２００８年２月
「オレンヂ」　「北冬」2号、２００５年7月
炎中の桜と掌の桜　「ヤママユ」２００８年６月
瀬瀬走る　「ヤママユ」２００９年５月
『さくら伝説』余話　「ヤママユ」２００９年９月
鬱金ざくら　「ヤママユ」２０１０年２月
さくら咲く　「ヤママユ」２０１０年12月
〈非常口〉　「ヤママユ」２０１１年５月
枝垂れ桜　「北冬」13号、２０１１年12月
老い桜　（同前）
「生はいとしき蜃気楼」　「ヤママユ」２０１２年３月

二

桜の樹の下には　「ヤママユ」２０１２年８月
散華　「ヤママユ」２０１３年５月
花信　「ヤママユ」２０１３年９月
桜の「匂い」　「ヤママユ」２０１４年７月
震災と桜　「ヤママユ」２０１５年５月
又兵衛桜　「ヤママユ」２０１５年10月
誰かまた花をたづねて　「ヤママユ」２０１６年２月
あはれ花びらながれ　「ヤママユ」２０１６年７月
花の深さ　「北冬」17号、２０１７年３月
ぽあんぽあんと　「ヤママユ」２０１７年４月
「みづがね伝承」　「ヤママユ」２０１７年８月

三

前登志夫のさくらの歌　２０１８年４月選

**著者略歴**

**萩岡良博**
はぎおかよしひろ

1950年（昭和25年）、奈良県生まれ。歌集に、『空の系譜』（94年、砂子屋書房）、『木強』（2005年、北冬舎）、『禁野』（12年、角川書店）、『周老王』（17年、ながらみ書房）、評論集に、『われはいかなる河か——前登志夫の歌の基層』（07年、北冬舎）がある。短歌誌「ヤママユ」編集長。
現住所＝〒633-0206奈良県宇陀市榛原天満台
西3－35－10

《主題》で楽しむ100年の短歌

桜の歌

**やすらへ。花や。**

2018年9月20日　初版印刷
2018年9月30日　初版発行

著者
**萩岡良博**

発行人
**柳下和久**

発行所
**北冬舎**
〒101-0062東京都千代田区神田駿河台1-5-6-408
電話・FAX　03-3292-0350
振替口座　00130-7-74750
http://hokutousya.jimdo.com/

印刷・製本　株式会社シナノ書籍印刷

ISBN978-4-903792-66-8　C0095